빨간 아이

빨간 아이

© 김의담, 2012

1판 1쇄 인쇄__2012년 03월 05일
1판 1쇄 발행__2012년 03월 15일

지은이__김의담
그린이__정광조
펴낸이__양정섭

펴낸곳__작가와비평
　　등　록__제2010-000013호
　　주　소__경기도 광명시 소하동 1272번지 우림필유 101-212
　　블로그__http://wekorea.tistory.com
　　이메일__wekorea@paran.com

공급처__(주)글로벌콘텐츠출판그룹
　　대　표__홍정표
　　기획·마케팅__노경민　배정일　배소정
　　디자인__김미미
　　경영지원__최정임
　　주　소__서울특별시 강동구 길동 349-6 정일빌딩 401호
　　전　화__02-488-3280
　　팩　스__02-488-3281
　　홈페이지__www.gcbook.co.kr

값 12,000원
ISBN 978-89-97190-13-3 03810

글은, 이야기는, 여행이다.

작가라는 가이드와 동행하며 만들어가는 여행길이다.

3부 생각

그 누구에게도 위로 받지 못했던 어머니,

그러나 꿋꿋이 자신의 길을 걸어온 여인.

나의 오직 한 사람, 어머니에게 이 책을 바칩니다.

1부 시선

탄생

오! 탄생이란 어미의 생식기를 통해 나오는 아기에게도,
10달 동안 몸속에 간직한 핏덩이를 내보이는 여인에게도 고통의 시간이다.

순결한 바람이 거친 산야에 따스한 입김을 불어 넣는 5월이다. 이곳은 강원도 산골에 자리한 조그마한 탄광촌이다. 시커먼 얼룩이 즐비한 마을은 '캉! 캉! 캉!' 날카로운 곡괭이질 소리만 아니면 조용한 편에 속한다. 오늘도 여인의 비명소리가 아니었다면 그러했을 것이다. 이렇게 마을을 소란 속으로 집어넣은 건 스무 살의 예쁜 꽃 새댁이다. 그녀는 축복의 시간을 앞두고 마지막 힘을 쏟는 중이다.

검은 때가 전신에 선명히 박힌 탄광촌 사람들은 절박한 고단함으로 하루하루가 힘겹다. 그래서 이곳의 검고 탁한 강이 맑은 녹색을 깊이 간직한 유순한 물줄기라는 것을 알지 못한다. 그 위로 빛나는 푸른 안개가 얼마나 고혹스러운지, 저편 긴 산 그림자가 걷히면 대지 위의 생명들이 얼마나 광활한 생명력을 뿜어내는지 알지 못한다.

고단한 일상, 똑같은 집, 똑같은 사람들이 어울려 사는 곳…….
이곳 여자들의 가슴은 그들 손바닥의 깊이 팬 주름만큼 지쳐있다.

무슨 일일까? 명백히 뉴스거리의 공백에서 오는 허기가 호기심을 자극한다. 이들이 향한 곳은 어린 꽃 새댁의 집이다.

반복적 일상에 무료한 여자들은 오늘이 몹시 기대 되는 하루이다. 그리하여 한 평 남짓한 방에 빼곡히 둘러 앉아있는 것이다.

'쿵쾅! 쿵쾅!' 바닥을 사정없이 내리치는 여인, 애써 고통의 신음을 안으로 삼키는 여인.

여인의 검고 윤기나는 머리칼은 땀으로 흥건하다. 뒷집 여잔 안쓰러운지 이마를 닦아준다.

기진해 누워있는 여인은 위로의 다독거림을 기대하며, 들어찬 사람들 사이로 남편을 찾지만 보이지 않는다.

창문 없는 단칸방, 환기를 위해 열려진 방문 사이로 새벽의 첫 빛이 무지개처럼 빛난다.

이제 곧 아이가 나올 것이다.

첫 닭이 울고……. 핏덩이가 나왔다.

늙은 산파가 아이를 받아 피를 닦고 어미의 품에 안겨 준다.

힘겨운 사투. 깃털 하나 들 힘조차 없지만 막 둘째의 엄마가 된 새댁은 혼신의 힘을 다해 아이를 받아 안는다.

긴 침묵.

공포에 놀란 당황한 어린 새댁이 서둘러 아이를 내려놓는다.

그 겁에 질린 모습이 호기심을 자극한 탓인가 사람들은 비밀스런 시선으로 핏덩이를 내려다본다.

컥…….

기진맥진한 놀람과 끔찍한 비명을 닮은 탄식이 새어나온다.

새댁은 감전된 듯한 놀람을 칼칼한 목구멍 밑으로 힘겹게 누르고 다시
금 용기를 내어 갓난이를 안아본다.
그리고 다시 밀려진 아이.

탄생의 축하를 보내기 위해 모인 사람들은 예상치 못한 결과에 당황하
며 몇 번씩 서로의 눈을 마주치다 끝내는 흉하게 찌푸린 얼굴을 좌우로
흔들며 자리를 떴다.
연탄불은 그 생명이 오늘을 위해 존재하는 마냥 강렬한 불꽃을 태우며
한 평짜리 작은 방의 식어가는 냉기를 데운다.

아이는 아직도 엄마품에서 밀려진 채 벌거숭이 몸뚱이를 떨고 있다.
엄마에게 닿고자 쭈글쭈글 엉성한 작은 손을 내밀어 보지만…… 닿지 않
는다.
힘없이 멀어지는 작은 손.

며칠이 지나고, 사람들이 다시 집에 모여들었다. 그리곤 아이가 튀기라
했다.
지쳐버린 새댁. 삐딱한 시선. 왜곡된 진실.

튀기!

양공주가 많던 시절……. 어리고 예쁜 새댁! 아무리 상상력이 부족
한 사람이라도 단 하나의 모습은 그릴 수 있을 것이다. 그것이 거
짓이든 진실이든, 지금 이 순간 그들에겐 중요하지 않다.

무료하던 동네에 불쏘시개로 아궁이를 쑤시듯 마을 이곳저
곳을 잔인한 주둥이로 쑤시고 다닐 것이다. 그것이 지금
그들이 꼭 해야 할 사명인양, 팔에는 가십거리 완장
을 차고 말이다.

왜?

"**왜?**" 엄마의 의문.

탄광 사택, 그 중 끝에서 두 번째인 어린 새댁의 집에선 분위기가 심상치 않다. 엄만 아이에게 배냇저고리조차 입히지 않고 초조한 얼굴로 앉아 있다.

작년 가을만 해도 어여삐 빛날 아기를 꿈꿨을 것이다. 그러나 지금은 침울한 표정으로 검고 마른 아기를 바라만 볼 뿐이다. 엄마에겐 손수 만든 배냇저고리가 있다. 아이를 위해 지은 것이지만 입히지 않았다.

"**널 위한 게 아니야.**"

아비는 그런 엄마를 물끄러미 바라만 본다.

그는 사실 아이가 못생겨도 상관없는 듯했다. 단지 앞으로 어떻게 입 하나를 더 책임져야 하나 한숨지을 뿐이었다. 그런 아비를 엄만 항상 탄광 입구까지 데려다 주곤 했다.

아이가 태어나던 날 새벽, 엉망으로 술에 취해 집에 들어오니 사람들이 들어차 있어 혹시 마누라가 애 낳다 죽었나? 하고 생각했단다.

이런 아비는 아이를 보며 아무런 말도 하지 않았다. 아마 그도 이 외모에 적잖이 놀란 게 틀림없다.

엄만 뭔가 골똘히 생각하더니 아이를 작은 포대기에 싸서 서둘러 밖으로 나간다. 아비는 그런 엄마를 보며 콧방귀를 뀐다.

"그 애를 데리고 나가봐야 저만 손해지……. 누가 봐주기라도 할까
봐……."
아비는 한 평짜리 방에 벌러덩 드러누워 담배를 펴대다가 잠이 든다.

아일 안고 나온 엄만 정신이 나간 듯 앞으로만 걷는다. 지금 가는 곳이
어디인지? 어디로 가고 있는지? 그녀 자신도 알지 못하는 듯하다. 그렇게
무엇에 홀린 사람처럼 걷더니 갑자기 멈춰 선다. 그리곤 한참을 내려다
본다.
그 까만 눈동자가 너무도 흔들렸기에 아이는 울고 싶은 맘마저 들지 않
는다. 단지 그런 엄마가 안쓰럽게 느껴질 뿐이다.
그녀는 손을 심하게 떨더니 차가운 콘크리트 바닥 위에 포대기로 싸인
아기를 내려놓는다.
그리곤 사라진다.

주위로 무엇이 있는지 눈에 들어오지 않는다. 단지 차가움만 느껴질 뿐
이다. 아무리 아이가 목청껏 울음을 터뜨려도 엄만 돌아오지 않았다.
얼마를 울었을까? '총-총-총……' 누군가 다가온다.
"쯧쯧." 옆집 할미다.
혀를 차며 아이를 안아 들고, 아이를 버린 자들에게 다시 아이를 안겨준다.
그리고 태어나 첨으로 젖을 문다. 배가 많이 고팠지만 그 젖 맛은 썼다.

사랑이 머무는 곳?

그날 아비는 엄마에게 아무 말도 하지 않았다. 엄만 계속 뜻 모를 고집을 부리는 듯했지만, 옆집 할미의 설득에 못 이겨서인지 아니면 주위의 시선 때문인지 완강히 아이를 거부하는 모습은 사라져 갔다.

이집엔 아이 말고 세 살 위의 오빠가 하나 더 있다. 엄만 오빠를 무척이나 예뻐했는데, 똑같이 배 아파 낳은 자식이지만 오빠에 대한 사랑은 감히 짐작 할 수 없을 만큼 깊다. 그래서 생각해 본다.
'난, 그가 어미의 첫 자식이고 아들이어서 그런가 보다.' 생각한다.
'난, 단지 둘째에 딸로 태어난 죄다.' 하고 생각한다.

오빤 그 또래의 아이답지 않게 깨끗이 정돈된 얼굴을 항상 유지했으며 선량해 보이는 두 눈을 돋보이게 할 수 있었다. 성격도 차분하다.
날 괴롭히거나 밥을 뺏어 먹는 짓은 하지 않았다. 가끔 떼를 쓸 때도 있지만 아이로 인한 투정은 아니다.

그에겐 신비한 구석이 두 가지 있다.
하나는 울지 않는다는 것인데 아이는 지금까지 그의 우는 모습을 본 적이 없다.
또 하나는 부모나 다른 사람 앞에서 얌전히 웃으며 칭찬을 받아 낸다는 것이다. 이 특별한 재주는 아이가 아무리 노력해도 할 수 없는 것으로 정말 대단하다 생각한다.

아이는 가끔 그런 오빠가 부럽다.

그래서일까? 엄만 언제나 오빠만을 챙기며 아낀다.

오빠, 희섭이

오빠, 희섭이.

뽀얗고 윤기나는 예쁘장한 얼굴에 상냥하기까지 한 그는 이미 탄광촌에서 유명인이다.

오빠 어디를 가던 사람들에게 둘러싸여 그들의 팔 안쪽으로 자주 안겨 들어가곤 한다. 누구완 다르게 귀히 여겨질 사람임을 명받고 나온 듯하다.

복 받은 인간.

엄마가 오빠를 낳았을 때의 나이는 열일곱 살이었다. 건강한 신체의 덕으로 출산은 순조로웠다.
한 번의 '윽' 소리와 함께 오빠 엄마의 질에서 쭈욱 빠져나왔다.
낯선 공기에 놀란 아이의 우렁찬 울음소리는 깊이 잠든 옆집의 늙은 부부를 깨우고 이집 저집을 기웃거리며 쏘다니는 개들을 놀라게 했다.

"아이고! 새댁 어찌 혼자 애를 낳았어. 문이라도 두드리지. 쯧쯧, 아범이라도 건너와 알릴 것이지. 어쩜 그리 눈치가 없누."

첫 아이를 받고 혼이 반쯤 나간 아비는 그제야 도움을 청하지 못한 아둔함을 깨닫는다.

"진통이 갑자기 와서는 저도 정신이 없어서요. 십 년 감수했네요."

아비는 그래도 기분이 좋은지 연신 싱글벙글이다.

"아이가 예뻐?" 문밖을 서성이던 노부는 궁금한지 한마디 던진다.

"아이 뭘 그리 서 있소. 그만 집에 들어가시오. 여긴 내가 있다고. 아이는 고추네요. 고추야. 예쁘기도 하지. 참 순하게 잘 생겼소."

"그래." 늙은 부인의 말을 듣고서야 '허허' 웃으며 자신의 집으로 건너가는 노부다.

엄만 탯줄도 자르지 않은 아이를 품에 안고 감격에 겨운지 콧물까지 흘려가며 어린아이 같은 울음을 토해 내고 있다.

옆집 할미는 서둘러 탯줄을 자르고 아이를 씻겨 작은 이불에 감싸 아랫목에 눕힌다.

한참을 우렁차게 울던 아기는 밖으로 나오는 길이 고됐는지 주름진 얼굴을 펴 곤히 잠들어있다.

옆집 할미는 일사분란하게 미역국과 밥을 챙기고 집안 청소와 아기가 쓸 기저귀를 준비한다.

'이제 제대로 된 가족이 만들어진 거야. 나와 내 남편과 내 새끼까지. 이제 완벽해진 거야. 내 가족이……. 내 가족이 생긴 거야. 정말로 내 가족이 생긴 거야.'
엄만 이제 완벽하다 생각한다. 지금 이 순간만큼은 세상 그 누구보다 행복하다.

엄마에게 사랑과 행복을 심어준 아이.
태어난 그 순간부터 사랑을 얻어낸 아이.
못생긴 아이와 같은 엄마의 뱃속에서 태어나,
같은 공간에 존재하는 아이.
그에겐 사랑이.
못생긴 아이에겐 미움이.

1957년 5월 26일

일주일 전 딸아이를 낳았다. 피부는 깜둥이처럼 새까맣고 귀는 뾰족한 것이 고양이 귀를 닮았다. 쌍꺼풀 없는 눈은 제 아비를 닮았는지 작고 두툼했다. 거기다 커다란 머리는 앞뒤가 짱구처럼 뚝 불러 나와 있었고 옆은 납작했다. 더욱 놀라운 것은 머리카락이었다. 왜 노란지 모를 머리카락이 파마를 금방 끝내고 나온 양 땡글땡글 탄력 있게 말려져 있었다. 세상에 이건 말도 안 된다. 내가 왜 이런 아이를 낳은 거지?

집 밖에선 이 아이를 놓고 여러 말들이 나돌고 있다. 아이뿐만이 아니라 날 두고도 이상한 소리들을 하고 있다. 거기다 남편은 누구 씨냐며 비아냥거리며 들들 볶는다. 아이를 낳을 때도 이 사람은 없었다. 그래도 난 혹시나 하는 마음에 옆에 있어주길 얼마나 바랐던지······.

난 전생에 분명 나쁜 일을 많이 한 사람이었을 것이다.
그래서 지금 이렇게 말도 안 되는 벌을 받고 있는 것이다.

태어나 3주만에 가지게 된 이름

내가 태어난 지 3주가 되어 간다.
난 아직까지 이름이 없다.

심한 독감에 걸렸던 외할머니가 감기가 낫자마자 부리나케 달려왔다.
호기심과 경계심으로 얼마나 이상한 게 나왔는지 탐색하기 위해.
지금 그녀는 즐거워 보이는 표정으로 호들갑을 떨고 있다.
그녀가 슬쩍 이불을 들쳐 빤한 눈초리로 내려다본다.

"어디……. 에~엥! 뭐냐? 이게?"
"뭐가요?"
"이거 말이다. 이게 사람 새끼냐?"
"무슨 말씀이세요? 사람 새끼라뇨."
"아니 뭐……. 틀린 말을 한 것도 아닌데 뭘 그러냐. 애를 낳느라 고생했
다만…….

25

쯧쯧. 소문대로구나. 못생겼어. 참으로 못생겼구나."

이런 망할 할망구는 당사자를 앞에 두고 막말을 하고 있다.

"······."

"생긴 건 그렇다 쳐도 도통 알 수가 없구나. 계집애라고 들었는데 모양새가 남세스러워. 그리고 당최 누굴 닮았는지 모르겠어. 애비는 아닌 것 같고······. 애미 뱃속에서 나왔으니 애미 자식이 맞을 테고····· 이거 원 깜둥이도 아닌 것이 깜둥이 같단 말이야."

"그래서요?"

"그래서요? 애미! 말하는 게 그게 뭐냐? 아무리 내 배 아파 낳은 자식이 아니라지만 명색이 네 어미다. 말을 그 따위로밖에 못하겠니? 네 꼴을 봐라. 동네 사람들 숙덕거리지 않게 생겼나? 이 어미가 걱정이 되서 여기까지 찾아 왔어. 넌 어려서부터 성질머리가 글렀었어. 네 자식 그 모양인거 다 네 탓이다. 그 아이도 저 그렇게 태어나고 싶어서 그렇게 나왔다니? 다 네가 못나서 그러한 거야. 사람은 뿌린대로 거둔다 했다. 이것도 다 전생에 죄가 커 그렇다."

"그 얘기하려고 이리 먼 길 오셨어요?"

"됐다 됐어. 더 말하면 입만 아프지. 그래. 아이 이름은 뭐라 지었냐?"

이들의 소란스러움 속에 불현듯 들리는 '**이름**'이란 단어가 아이를 잡아 끈다.

'궁금하다. 내 이름이……'

"이름 같은 거 없어요. 지어주던지요."

"내가 무슨 이름을, 그래도 이름을 빨리 지어주어야지. 태어난 지가 언제
인데 아직도 이름이 없어서야 쓰겠어. 아가야, 너도 딱하구나."

그리고 보니 지금까지 어떻게 불렸는지 모르겠다.

'날 뭐라 불렀지? 이 사람들은……?'

흑백텔레비전에선 배달의 기수가 한창 방영 중이다. 엄마가 채널을 '두
두두두 둑' 돌린다.

그때. 바로 그때. 인기 절정의 배우 문희가 나왔다. 엄마 머리위로 섬광이
지나간다.

번뜩이는 눈.

"됐어."

"되긴 뭐가 돼?"

"아이 이름이요. 문희로 할래요."

"문희? 왠 문희? 영화배우 문희?"

"네. 문희요. 또 모르죠. 이름이라도 예쁜 사람을 닮으면 예뻐질런지…….
문희처럼 예뻐지어라."

'고마워요. 이름을 지어줘서.'

'정말 가지고 싶었던 이름을 가지게 되었는데 문희면 어떻고 문어면 어
때.'

'이제부터 나도 불리어 지는 이름이 생겼는데 이걸로 충분해.'

이때부터 난 문희다. 태어나 3주 만에 가지게 된 이름…….
영화배우 문희에 의해 만들어진 문희가 되었다.

문희야! 문희야!

"**문희야! 문희야!** 아이 예쁜 내 새끼. 누굴 닮아 이렇게 예쁠까?
엄마 닮아 예쁜가? 아니면 아빠 닮아 예쁜가?"

'꿈.'

3월의 햇살이 문틈을 비집고 들어오는 오후 3시, 잠에서 깼다.

문희는 하루 종일 천장만 바라본다. 누군가 옆으로 돌려준다면 지루하진
않겠다. 답답하고 서러워, 한참을 요란스럽게 운다.

"왜 울어. 왜?"

엄마다. 익숙한 손놀림으로 옷 섶을 풀고 문희에게 오른쪽 젖을 물린다.

"먹어라. 먹어. 많이 먹고 빨리 커서 얼른 시집이나 가자."

문희는 그 소리에 맥이 풀려 암팡지게 빨던 젖을 뱉어낸다.

"벌써 다 먹었어? 어디, 기저귀나 한번 보자. 아이고, 어쩜 이리 엉덩이까
지 까말까!"

엄마의 야무진 손바닥이 볼기에 닿는다. 따끔거리는 엉덩이……

"너 하나 잘못 태어나서 여러 사람 고생한다. 그치?"

엄마는 혼잣말을 한다. 갑자기 밀려드는 한기.

아직 밖엔 풍성히 내리 쬐는 볕이 가시지 않고 있다. 바닥으로 따스함이
스민다. 문희는 바닥에 내려져서야 따스함을 느낀다.

"문희야, 문희야." 엄마가 이름을 부른다.
'엄마!' 문희도 불러본다.
말을 알아들었을까? 요동 없는 까만 눈을 동글한 문희 눈에 맞춘다.
무심하다. '유감스럽지만 별 감흥이 없어'라고 말한다.

타닥타닥 잘 마른 장작이 타는 소리는 언제 들어도 좋다. 겨울이 되어 좋은 건 하얀 눈과 이 장작 타는 소리다.

'엄마!' 문희는 안방을 기어 나와 부엌문을 배꼼이 열어 본다. 엄마가 앉아 있다.

엄마와 아궁이 속 불을 같이 쬐고 싶다. 그러나 그럴 수 없다. 엄마는 문희를 불편해 한다.

불꽃이 일렁임에 따라 엄마의 얼굴에 울긋불긋 빛의 그림이 그려진다. 문희를 쳐다 본다.

"어떻게 나온 거야? 문희야 어떻게 나왔니? 들어가야지. 여긴 춥단다."

"너도 여기 나오고 싶은 거야? 그런 거야?"

엄만 문희 마음을 안 것일까? 아니면 잠시의 변덕일까?

문희는 종잡을 수 없다. 빨갛게 달귀진 얼굴과 손으로 엄만 부엌 앞으로 기어 나온 문희를 안아든다.

"그래 너도 심심하겠구나. 옛날 얘기 해줄까?? 그래. 그게 좋겠어. 엄마 얘기 해줄게."

"옛날 옛날에 한 소녀가 살았단다. 그 소녀는……."

엄마는 숨을 한번 크게 들이 쉬더니 옛날이야기를 하기 시작했다.
문희는 장작불의 따뜻함에 노곤해 지고, 엄마의 자장가 같은 이야기에
금세 잠이 든다.
엄마는 그것을 아는지 모르는지, 한참을 장작불의 일렁임을 무대삼아
이야기꽃을 피운다.

엄마의 어린 시절 – 어느 날 (1)

오월의 어느 날 저녁, 유난히 반짝이는 눈을 담은, 말랐지만 다부진 체구를 가진 소녀가 집을 향해 헐레벌떡 뜀박질을 하고 있다.

소녀의 집은 사람들로 북적인다.

남자는 안타까운 시선을, 유난히 반짝이는 소녀의 두 눈에 던진다. 갑작스런 슬픔 때문인지 아니면 짙게 깔린 어스름 때문인지 그의 낯빛은 잿빛이다.

소녀는 거칠게 숨을 헐떡이면서도 그 시선에서 눈을 뗄 수가 없다.

남자에게서 느껴지는, 갑작스런 불행에서 오는 끔찍한 슬픔의 아픔.

아직 어린 소녀, 벅차게 요동치는 심장의 고동만이 평소와 다름을 알아차릴 뿐이다.

소녀는 다 저문 저녁에 사람들이 모여 통곡하며 자신의 머리를 끌어안는 것이 이상하다.

"얘야 이제 네가 아빠를 잘 보살펴야한다. 어쩌누……. 불쌍해서……. 어린것들만 남기고 저렇게 가버리면 어쩌누……."

소녀는 굉장히 불길한 기분이 들었지만 그 자상한 손길이 따스해 얼굴엔 수줍은 홍조가 어린다.

상기된 소녀의 얼굴과는 상반된 집의 분위기, 해 저무는 저녁 어스름이 더욱 짙고 무겁게 낮 동안의 밝음을 짓누르며 불우한 기운을 한층 더 고조시킨다.

사람들은 일찍 세상을 저버린 여인의 죽음을 안타까워하며, 한숨지으며, 남자를 위로한다. 당신의 잘못이 아니라고 워낙 몸이 약한 여인의 생이 이것밖에 되지 않았다고…….
남자는 그 어떤 말도 귀에 들어오지 않는다. 자신의 처를 너무나 사랑한 그였다.
한의사였던 남자는 병약한 아내를 위해 좋은 약재가 있다면 그곳이 어디든 서슴지 않고 길을 나섰었다.
그토록 아끼고 아낀 연인이었다. 이젠 존재하지 않는…….

이토록 비통한 남자이지만 슬픔에 오열하는 눈물은 나오지 않았다. 자신도 이해 할 수가 없었다. 너무도 사랑한 여인의 죽음 앞에 눈물조차 나눠줄 수 없다니……. 끔찍하다.

어린 소녀가 붉게 상기된 얼굴로 살며시 다가와 손을 잡는다.
그녀는 웃고 있다. 울컥하는 남자.
어린 소녀의 손이 따스하다.
솜털 같이 여리고 작은 손이지만 한낮의 포근한 태양처럼 따스하다. 눈물이 쏟아진다. 비통함이 토악질을 한다.
눈물이 격렬하게 쏟아져 내린다. 그렇게 남자는 어린 소녀를 끌어안으며 한없이 울음을 토해낸다.

아카시아꽃 향기가 짙은 오월의 공기는 사람들의 깊은 탄식과 함께 어둠 속으로 빠르게 스며 들어갔다.

엄마의 어린 시절 - 어느 날 (2)

초상이 끝난 다음 날부터 남자는 술을 마시기 시작했다. 어린 딸이 둘씩이나 있었지만 돌볼 생각도 하지 않았다. 매일 봉당에 앉아 멍하니 하늘만 바라 볼 뿐이다.

그의 외모는 날이 갈수록 엉망이 되어갔는데, 그 모양과 같이 집안의 꼴도 엉망이 되어갔다.

이런 생활은 한동안 지속되었다. 새 여자가 오기 전까지…….

어느 날, 남자는 새 엄마라며 한 여자를 데리고 들어왔다. 어린 아들 하나와 딸 하나를 데리고 들어온 여자는 매우 표독스럽고 경망스런 여자였다.

소녀와 어린 동생은 그 여자가 싫었다. 그렇지만 엄마 품이 사무치게 그리워 그 사람에게라도 기대고 싶었다.

아무리 간교하고 잔인한 폭력성이 강한 여자라도 말이다.

새로 들어온 여자는 아비가 없을 때마다 소녀와 동생을 마구잡이로 때렸는데, 소녀가 워낙 고집이 세고 악다구니가 세서 새로 온 여자는 애를 먹었다. 그러자 여자는 소녀 대신 어린 동생을 때렸다.

분함이 더해진 탓인지 그 난폭함과 잔인함은 도저히 사람이 할 짓이라 말할 수 없는 것이었다.

이를 보다 못한 소녀는 야비한 여자의 아들놈에게 죄 값을 치르게 한다.

여자의 아들놈이 움직이기 시작한다.

이 상황을 알 리 없는 어린놈은 안방으로 들어가 남자의 지갑에서 돈을 빼낸다.

문밖의 예리한 두 눈이 그것을 노치지 않는다. 소녀는 쏜살같이 부엌으로 달려가 아궁이 속, 타다 만 장작을 집어 들고 밖으로 뛰쳐나온다.

'덥석' 놈의 뒷덜미는 가녀리지만 고집 센 작은 손에 쥐어졌다.

'찰싹찰싹' 경쾌한 매질이 시작된다.

그 소리가 어찌나 크던지 옆 과수원에서 일하던 놈의 어미가 기겁하며 달려왔다.

"이년 그 손 놓지 못하겠냐. 저것이 지금 누굴 죽이려고. 아이고~ 영정아, 내 아들, 내 아들 죽네. 빨리 그 손 놓지 못해."

손은 놓아지지 않고 매질은 계속 됐다.

기가 찬 여자가 부들부들 떨리는 손에 빗자루를 들고 자신의 아들을 패고 있는 소녀에게 광폭한 매질을 하기 시작한다.

코믹만화의 한 장면 같은 이 광경은 억세게 고집스럽고 요란스럽게 보인다.

"독한 년! 독한 년! 누굴 닮아 저리 독할까. 야! 이년아. 빨리 그 손 놔라.
그러다 내 아들 죽이겠어."
"영정이가 먼저 잘못했어요. 잘못했으니 맞아야죠. 놓고 싶음 어머니 먼
저 놔요."
"이년. 빨리 그 손 놓지 못해. 얼른 안 놔"
"싫어. 죽어도 안 놔."
"독한 것, 독한 것, 알았어. 내가 놓으마. 내가 놓아. 그러니 얼른 그 손 놔
라."

끝내는 여자가 먼저 손을 놓았다. 계속 지속됐다면 정말 여자의 아들은
죽었을지 모른다. 소녀는 절대로 먼저 매를 멈추지 않았을 테니깐.
새로 온 여자에게 소녀는 독종 중의 독종이다.
이로 인한 부작용으로, 소녀의 어린 동생은 편한 날이 없었다.
여자의 서슬 퍼런 분노가 어린 동생에게로 향했기 때문이다.

새벽이면 어린 동생은 낮 동안 새 여자에게 얻어터진 상처와 참을 수 없는 공포로 잠을 이루지 못했고 놀란 가슴에 한 번 터진 울음은 쉽게 그치지 않았다. 안쓰러운 소녀가 동생을 씻기기 위해 조심스럽게 옷을 벗기면 거기엔 시꺼먼 구렁이가 몸을 찡찡 감은 듯, 검고 붉은 멍들이 똬리를 틀고 앉아 있었다. 군데군데 피로 얼룩진 상처들과 함께.

무능한 남자가 자식을 위해 여자를 들이고, 가엾은 자식들은 그 여자로 인해 고통의 수렁에 던져졌다.

사람들은 누구나 저마다의 추억을 가지고 있다.

어떤 이들에겐, 이것은 고통이요.

어떤 이들에겐, 이것은 안식처다.

그러나 그녀와 그.

나의 엄마와 아비에게 추억은 고통이었다.

세살의 유희

이곳 사택에선 무얼 입어도 금세 검어진다. 생각하건대 이곳에서 옷을 입는 것은 큰 자원 낭비라고 생각한다.

문희는 아직까지도 검은 피부에 뽈록 튀어나온 배, 그리고 툭 삐져나온 이마를 가지고 있다.

거기다 이렇게 심할 수 없는 곱슬머리를 여전히 달고 다닌다.

엄만 이런 외모에 적잖은 부담감과 적대심을 가지고 있다.

문희는 이제 혼자 집 밖에 나가 사택 골목을, 공동 화장실을, 운동장을 자유롭게 뛰어다닌다.

그 결과 입혀지는 옷마다 손쓸 수 없는 검은 때를 묻히고 나타났고, 그럴 때마다 엄만 "계집애가 얌전히 다녀야지 이게 무슨 꼴이야"라며 핀잔과 함께 매를 당겼다.

문희는 걸핏하면 집을 나간다. 집에는 오빠가 있었지만 잘 놀아 주지 않는다. 그에겐 또래의 남자아이들이 함께하였는데 오빠도 그들을 좋아하는 듯했다.

문희 혼자 집에 있을 땐 이것저것 눈치 볼 일들이 많아져, 그 수만큼 실수의 수도 늘어난다.

그럴 때 마다 엄만, 사고뭉치인 문희를 안아 들고 토실토실 살이 오른 엉덩이에 불이 나도록 신나게 때린다.

엄만 가끔 문희가 있어 행복해 하는 것 같았는데, 그럴 땐 꼭! 엉덩이에 불이 난 다음이다.

이로써 문희도 가끔은 엄마에게 쓸모가 있는 인간인 것이다.

이런 매질이 두려워서는 아니지만……. 문희는, 어느 순간부터 밖에 나갈 때는 옷을 홀라당 벗어 던진다. 옷의 거추장스러움에서 벗어나고 나니 더 없이 편하고 좋았다.

벗어던짐은 자유다. 그러나 엄마와 아비에겐 남세스런 골치 아픈 상황이다.

사람들은 문희를 볼 때마다, 그 어미가 애 옷도 하나 입히지 않고 내보낸 다며 험담을 해댔고, 어떤 이들은 혀를 차며 안타까운 시선과 동정어린 손길로 10원짜리 동전을 건네주기도 했다.

문희의 그런 행동은 어린 나이로 인해 분별력이 없다거나. 엄마를 욕되게 만들기 위해서도 아닌, 자유를 만끽하기 위한 행동인 것이다.

집에서의 생활은 어린 문희에겐, 독방에 갇힌 고독한 수감자의 나날만큼 우울하고 외로운 것이었다.

문희는 옷을 벗어 던져 자유를 찾았다.

밥은 사랑의 표현?

오전 내내 엄만 바빠 움직이기 시작한다. 풍로에 불을 지펴 냄비에 밥을 안치고 연탄불에 된장찌개도 끓인다. 밖의 공동 텃밭에서는 고추와 상추도 따온다. 엄마의 아침은 언제나 분주하다.

"어미 노릇 하는 게 이렇게 힘든 거야. 조금만 게으름을 펴도 너나, 네 오빠 밥을 거르게 되는 거야"

엄만 손놀림을 멈추지 않으면서 문지방까지 다가온 문희에게 하소연하듯 말한다.

아직 어린 엄마다. 그러나 그녀에겐 쉴 틈이 없다. 게으른 아비를 대신해 이것저것 많은 일을 해야 하기 때문이다. 주말엔 공중목욕탕의 때밀이로 일하고 평일엔 동네 여자들과 수입 뜨개질을 한다. 이것 말고도 여러 일을 했지만 문희가 아는 것은 이 두 가지다.

어린 엄마의 이런 수고스러움은 아비의 방탕한 생활 속에서도 먹을거리의 넉넉함을 만들어 주었다.

이처럼 밥벌이로 쉴 틈 없는 엄마를 아비는 한 번도 고마워한 적이 없다. 벌어오니 벌어오는 대로 쓸 뿐이다.

어느덧, 밥은 뜸이 들고 엄마는 작은 플라스틱 밥상을 방으로 올린다.
상이 방안으로 들어와서야 아비는 몸을 일으킨다.
그리고 여유 있는 몸짓으로 수저를 들고 밥을 뜬다.

그제야 엄마와 오빠가 밥을 입안으로 밀어 넣는다.

아무리 난봉꾼에 가장으로서의 역할을 못한다 한들 엄마는 밥만큼은 먼저 뜨게 했다.

아비는 자연스럽게 집의 우두머리가 됐다.

아비는 몇 번의 숟가락질로 배를 채우고 담배를 한대 태운다. 이것은 유희다.

엄마는 이런 아비에게 식사 때만큼은 잔소리를 하지 않았다.

그 마음이야 '먹을 땐 개도 안 건드린다.'는 뭐- 그런 이유 때문일지는 몰라도, 문희는 가끔 엄마가 아비를 사랑한 맘을 이렇게 표현한 것은 아닌가 생각해 본다.

이렇듯 엄마는 아비에게 밥을 통해 사랑을 준다.

문희는 밥이란, 배만 부르게 하는 것이 아니라 사랑도 부여해 준다는 것을 알게 되었다.

스물여섯의 그녀

이제 겨우 그녀의 나이, 스물여섯.

아직 멋을 부리며 호기를 부릴, 무서울 것 없는 청춘의 시간.
그녀에겐, 남편과 자식을 뒷바라지하며 헤이고 멍든 스물여섯의 시간.

우리의 시대는, 많은 것들에서 자유를 찾고 풍족함을 누리며 혼돈의 폭
풍 속을 질주하는 **쾌속의 시대**.
그녀의 시대는, 많은 것에 제약을 받아 자유와 욕망이 치욕스런 과욕으로,
정신의 유연성이 사치스런 과민성으로 치부되는 **정체의 시대**.

스물여섯. 그녀의 몸과 마음은 병들었다.

엄마는, 어린 나이에 자식을 낳고 염병할 일방적인 가사노동으로 인해, 여리고 가냘픈 몸은 병들고 수척했다.

불쌍한 엄마. 병들어 말라감을 알아주는 이 없어 홀로 서울의 어느 병원에 예약을 하고 마지못한 아비가 문희들을 데리고 따라나선다.

예약한 병원은 서울에 있었기에 이른 새벽부터 분주히 준비해 길을 나섰다. 6시간은 족히 걸리는 데다 길도 좋지 않아 문희와 오빠는 멀미약을 미리 챙겨 먹었다.

버스 안, 꾸역꾸역 들어찬 사람들의 비좁은 틈 속에서 자리 하나를 챙겨바닥에 주저앉는 것도 힘이 들었다.

비좁은 차안에서의 번잡함, 여러 사내들에게서 뿜어져 나오는 댓진내, 이사람 저사람 할 것 없이 속을 비우듯 쏟아져 나오는 비위 상하는 내용물들과 악취, 아이의 그치지 않는 울음소리, 소름끼치는 서울행 버스 안이다.

이렇게 서울에 다다랐고 서두른 탓인지 병원 예약시간까지는 아직 좀 남아있었다.

인고가 없는 서울인지라 마땅히 갈 곳이 없어 터미널 근처 식당에서 간단히 요기를 때우고 엄마의 요청에 따라 남은 시간 창경궁에 가기로 했다.

모두가 난생처음 와보는 서울의 창경궁. 벚꽃이 만발하고 희귀한 동물들과 수많은 사람들……. 눈알이 핑핑 돈다.

동물원을 돌다보니 고릴라 한 마리가 피던 담배를 거꾸로 물며 히죽 웃는다. 놀랐다.

"엄마! 엄마! 고릴라가 담배도 펴?"

"무슨 소리야 그게. 고릴라가 어떻게 담배를 피워."

"아냐. 있어. 저기 봐봐! 담배를 피우고 있잖아."

"어머! 정말이네. 서울 고릴라라 그런가 보네. 도시 고릴라는 담배도 피우고 커피도 마시고 그러나 보다 사람처럼. 그치?"

"아~! 서울 창경궁 고릴라는 도시 동물이라 다른 거구나."

늙은 홀아비 같은 고릴라가 문희와 엄마의 대화를 들었는지 보란 듯이 담배를 바로 문다. 하여간 특이한 녀석이다.

문희와 엄마가 고릴라에 빠져있는 그 시각. 아비와 오빠는 동물원 근처 호숫가 벚꽃나무 밑에 있었다.

호수 근처는, 뱃놀이하는 연인들과 점심도시락을 까먹는 사람들로 북적였고 벚꽃의 향연으로 아름다운 봄의 궁전 같았다.

아비와 오빠 여기에서 여자들의 희희낙락하는 소리에 귀를 기울였다.

짧은 치마 밑으로 쭉 빠진 미끈한 다리를 자랑하듯 거니는 여자들, 이들을 놓칠세라 군침을 흘리며 꽁무니를 따라 다니는 아비…….

그들은 바빴다. 오빠 또한 그것들에 관심이 있었는지는 모르겠다. 그도 남자니 아비가 하는 짓을 보고 뭔가 느끼는 것이 있지 않았을까 생각할 따름이다.

엄마 또한 아직 어리고 미끈한 다리를 가지고 있다. 그렇지만 그것을 자랑하듯 내놓고 다니지는 않는다. 그녀에게 짧은 치마는 실용성이 제로인 헝겊 쪼가리일 뿐이다.

만약에 그녀에게 코흘리개 아이 둘이 없었다면, 생긴 것만 번지르르한 미덥지 못한 남편이 없었다면, 지금 이곳의 젊은 여자들처럼 늘씬한 몸매를 자랑하며 뭇 남성의 애간장을 녹이며 거리를 활보했을지도 모르겠다.

봄의 활기에 피크닉을 즐기는 사람들 몇몇은 멀뚱히 아비와 오빠를 쳐다보기도 한다. 그들의 눈엔 촌스런 옷을 입고 아들과 호숫가 근처를 서성거리는 아비가 구걸을 목적으로 적당한 사람을 물색하는 것으로 보였을 것이다.

분명, 그랬을 것이다. 그들의 눈초리는 조금씩 의심을 품고 불쾌한 기분을 드러내며 힐끗거렸으니깐.

뭐, 그러나 그것은 그렇게 중요하지 않다. 아비와 오빠는 나름대로 즐거운 시간을 보낸 것 같으니.

얼마간의 시간이 흘러 우린 창경궁을 나와 병원을 찾았고 엄마의 검사가 시작되었다.
검사는 심전도검사와 엑스레이, 혈액검사, 혈압측정, 소변검사 등등. 지금은 아주 보편적으로 받는 검사지만 이때만 해도 쉽사리 받을 수 있는 정도의 검사는 아니었다.
다음날 다시 병원을 찾았다. 검사 결과를 받기 위해서.
의사를 만나고 나온 엄마는 뭔가 몹시 낙심한 듯 보였다. 맥없이 복도 의자에 허물어지듯 주저앉는 엄마의 모습은 문희를 그리고 아비를, 오빠를 숨죽이게 만들었다.
"의사가 뭐라는데? 왜? 죽을병이래?"
"왜? 죽을병이었으면 좋겠어?"
"누가 그렇대. 의사가 뭐라는데?"
"검사 결과 혈액반응과 소변검사에서 의심되는 병이 있다는데 확실한 건 정밀검사를 더 해봐야 알 수 있다고 하네."
"검사를 더 해봐야 한다고? 어떤 검사?"
"몰라."
아비는 입을 다문다.

사람이 아파죽는다고 한들 없는 돈이 생기는 것도 아니겠거니와 엄마가
지금 당장 죽을병도 아닌 듯했기에 두고 볼 심산인 것이다.
엄마는 그런 아비의 마음에 서운함을 느끼면서도 어쩔 수 없음을 잘 알
기에 별수 없이 집으로 향할 수밖에 없었다.
며칠 뒤, 엄만 자신이 감당해야 하는 고통에 대해서 내색하지 않기로 한다.
'지금 당장 참아야 하는 것이라면, 동정도 받지 못하는 몹쓸 환자가 될
바에는 고통에 당당히 맞설 것이야.'

이렇게 엄마는 의무라면 의무로 현실이라면 현실로 이 상황을 받아들이
며 꽃다운 스물여섯의 맥없는 봄의 문을 연다.

이사, 새로운 터전

12월의 저녁이다. 단잠에서 막 눈을 떴다. 밖이 훤하다.

"아침인가?"

문을 활짝 열고 마당으로 나온다.

"세상에……." 온통 새하얗다. 눈이 내린 것이다. 문희가 잠자는 동안 이렇게나 많은 눈이 내려 해질녘의 어스름을 물러버린 것이다. 신난다.

엄마도 아비도 다들 어디로 간 것일까? 오빠도 없다. 그런 이유로 온전히 혼자 이 하얀 세상에 서 있는 것이다.

황량한 골목의 차가운 바람 소리조차 아름답게 들린다.

조금씩 석양이 짙어지며 어둑어둑 긴 그림자가 드리워지고, 하나 둘 켜지는 가로등 아래로 새하얀 눈의 찬란함이 빛을 발하고 있다.

이 매력적 시간을 좀 더 지켜보고 싶었지만, 잠시 후 엄마와 아비가 돌아왔기에 문희의 낭만적 시간은 사라졌다.

눈이 내려서 일까? 집안에 들어선 부부의 얼굴이 발그레 상기돼 있다. 예쁜 미소까지 보이면서…….

'무언가 좋은 일이 생긴 것일까?' 몇 분 후, 오빠가 들어오자 이들은 사뭇 엄숙하고 진지하게 문희와 오빠의 뺨을 매만진다.

"희섭아! 문희야! 우리 이사 간다. 좋지? 여기보다 좋은 집이야. 외할아버지가 암자를 사주셨다. 아빠는 이제 스님이 될 거란다. 그리고 이제 이 지긋지긋한 탄광 먼지도, 시커먼 강물도 끝이야. 어떠냐? 신나지?"

아비가 이들 중에서 가장 신난 듯하다.

드디어 새로운 세상이 열린 것이다. 집이 생긴 것이다.

엄만 그 동안의 노고를 토해내듯 긴 한숨을 내쉰다.

이 순간만큼은 모두 달콤한 기쁨에 푹 빠져 있다.

그리고 1월, 이사를 했다. 강원도 동해안에 위치한 작은 마을로······.

유난히 볕이 풍성한 이곳은 어촌과 농촌이 한 대 어우러져 이색적이다.
아직 늦은 겨울이라 강물은 얼음으로 덮여 있었지만 그 밑은 힘찬 물줄
기가 흘러넘쳤다.
멀리 보이는 에메랄드빛 바다는 선명한 태양의 빛을 받아 반짝이며 역동
적인 강인함을 뿜어내고 있다. 완만한 산봉우리는 수천 그루의 소나무
들로 풍성하고, 들녘은 해질녘에 더욱 아름다운 빛을 발한다.
사람들은 좀 드센 면이 많아 보였는데, 아마도 바다를 옆에 둔 것이 큰
작용을 한 듯하다.

드센 사람들과는 대조적으로 아름다운 풍경을 간직한 이곳,
문희네는 새로운 터전을 잡았다.

아비의 젊은 시절 - 어느 날

아비, 이곳에 이사 온 후 조금씩 안정을 찾은 듯, 한가로운 한때를 보낸다.

그는 느긋하게 마루에 누워 잠시 잠이 든다.

잠든 사이 정신은 자꾸만 자꾸만 과거로 거슬러 올라간다. 평안함을 꿈꾸는 소망은 부서지고, 아비의 머릿속은 광기로 침식되어 간다.

"시끄럽다. 몹쓸 놈. 옷은 또 그게 뭐야."

노모는 아들놈의 옷을 내려다보며 실망스러운지 혀를 쯧쯧 찬다.

"네 놈이 일 할 맘이 있는 것이지 의심스럽구나. 오늘 면접 보러 간 놈이 옷 꼬락서니하고는……."

이 노모의 아들놈은 문희의 아비다.

한창 일하고 힘쓸 나이에 집안에 눌어붙어 빈둥거리기만 하는 그를 보다 못해 한 소리한 것이다.

아들은 밥상머리에서 잔소리를 해대는 것이 못마땅하다. "밥 먹을 때는 개도 안 건드린다는데……. 에이."

이런 그 위로 형이 하나 있다. 자신과는 달리 일찍이 집을 나가 독립을 하고 가정을 꾸렸다.

노모의 걱정거리는 늘 둘째 아들이었고 늘 못마땅했다.

노모의 남편, 그러니깐 문희의 할아버지는 지금의 그와 똑 닮아 게으르고 술을 좋아했다. 이 같은 생활에 진절머리가 난 노모는 자신의 아들이 그 전철를 밟지 않기를 간절히 바랬다. 그러나 피는 못 속이는지 하는 짓이 제 아비니…… 그녀도 속이 터질 것이다.

"이 죽일 놈의 팔자." 그녀의 입에 붙어 늘 내뱉어 지는 말이다.

이런 이집에 갑자기 변화가 생겼다.

어느 날, 노모는 신이 들렸다며 신내림을 받아 무당이 되었다. 그 후로, 집의 풍경은 달라졌다. 낡은 파랑 대문엔 붉은 깃발이 달렸고, 방안은 지독한 향내가 진동했다. 더욱이 점괘가 잘 맞았는지 사람의 발길은 끊이질 않았다.

그러나 자신들의 운명은 점칠 줄 몰랐던지, 죽음은 불현듯 찾아 왔다.

불행이 찾아온 날, 그는 여느 때보다 신이 나 있었다.

친구를 만나 취업 자리를 마련한 것이다.

노모의 잔소리 때문만은 아니었다. 그 자신도 아침마다 어미의 배웅을 받으며 출근하는 순조로운 일상생활이 하고 싶었다.

그리고 드디어 친구가 일할 곳을 소개 시켜주었다.

이제 남들처럼 열심히 일하며 꿈을 키우면 되는 것이다.

껑충껑충 뛰어 한달음에 도착한 집은 쥐 죽은 듯이 조용하다. 이상하다. 방문을 벌컥 열어젖힌다.

기막힌 광경……. "도대체 이게 무슨……."

험악하게 문이 열린 방안에 늙은 어미와 아비가 있다. 난장판이 된 방바닥 위에 하얀 거품을 물고, 사지가 뻣뻣이 굳어 죽어있다.

"이게 무슨 일이야?"

아침까지 멀쩡히 돌아다니던 내 엄마와 아빠가…… 뭐 이런 지랄 맞은 경우가 다 있어? '이제 조금 정신 차려 꿈을 꿔 보려했는데…… 내겐 꿈꾸는 것조차 용납되지 않아…… 꿈도 내겐 상처로 다가 오는 거야.'

"왜……내게……만……."

절망이란 이런 것일 것이다. 시작도 하기 전에 무너지는,
공을 들이기도 전에 사라져 버리는.

문희의 아비는, 의지를, 믿음을, 희망을, 꿈을, 선택을, 시작조차 하지 못한 불쌍한 인간으로 전락해 버린 것이다.

이때 아비는 갓 스물 살이 된 해였다.

이제 막 무언가를 시작 하려는 나이, 혈기왕성함을 자랑할 나이,

그리고 빛이 사라진 나이.

"아무 말도 없었잖아. 아침엔 한 상에서 밥도 같이 먹었잖아. 잘 다녀오라고 인사도 했잖아. 난 뭐야? 당신들한테 난 뭐였냐고? 난 뭐였냐고?"

비통함에 참을 수 없는 울화가 치밀어 오른다. 요동치는 절망의 파도 앞에서 무너지는 아비다.

이 노부부의 죽음은 지금까지도 미스터리로 남아있다. 어떤 이들은 신들이 노해서 벌을 내렸다는 시답잖은 말도 한다.

'그렇게 대단한 신이라면, 사람도 아무렇지 않게 죽이는 신이라면, 그것의 이름은 신이 아니라 악마야. 악마라고.'

이렇게 아비는 부모를 잃고 혼자가 된다. 하나밖에 없는 혈육인 형도 얼마 후, 자신의 집 안방에서 목을 맸기에 정말 혼자가 되고 만다.

이 집안의 이런 불우한 사건은 여기서 일단락된다.

아비는 죽음의 공포가 자신에게도 미치는 것이 아닐까 겁을 냈지만 그런 일은 일어나지 않았다.

이들 죽음에 대한 원인은 알 수 없었다. 그렇기에 소문은 더욱 무성하고 무섭게 포장되어 아비를 더 이상 이곳에 살 수 없게 하였다.

그렇게 집을 떠나 어느 산골마을에 정착하게 되고, 엄마를 만나 가정을 꾸리게 된다.

서로 외로웠고 위로가 필요했다.

아비의 취미생활

어촌 마을에 정착하면서 아비는 달라졌다.

그는 지금 바다낚시에 빠져 있다. 그는 아침밥을 먹기가 무섭게 집을 나와 오빠와 문희를 데리고 바다로 향한다. 이런 패턴의 생활이 일상이 된 지는 몇 주가 되었다.

아비는 마치 어린아이가 좋은 장난감을 발견한 듯 낚시에 빠져들었고, 그로 말미암아 문희와 오빠 역시 낚시의 기술을 자연스럽게 터득하게 되었다.

이들이 쓰는 낚싯대는 집 뒷산에 즐비한 가는 대나무 줄기를 꺾어다 문방구에서 파는 낚싯줄을 매어 만든 것이다. 이것은 매우 실용적이면서도 튼튼해 마을 사람들도 자주 이용한다.

이따금 수준급은 아니어도 제 손바닥만 한 매운탕 거리는 잡아 올렸고 가끔씩 자기 얼굴만 한 물고기도 잡았다.

겨울의 거친 파도 밑으로 줄을 놓아 이제나 저제나 입질을 기다리던 사람들은 "요놈 봐라. 어린 녀석이 월척을 잡았네."라며 낚시꾼으로써 나름대로의 대견스러움을 표현한다.

아비는 "허허" 웃으며 기분 좋은 미소를 짓는다.

가끔이지만 문희는 아비의 이런 미소가 참 멋지다고 생각한다.

아비는 솜씨 좋게 손질한 물고기와 집에서 싸온 엄마표 양념장으로 얼큰한 매운탕을 끓인다. 두말할 것도 없이 맛이 끝내준다. 오빠는 언제 가지고 왔는지 라면 한 봉지를 얼른 부숴 넣는다. 먹음직스런 매운탕이 완성됐다.

옆에서 낚시를 하던 아저씨들이 다가와 한 숟가락씩 거들어 먹는다. 매운탕은 어느덧 동이 나고 바닥에 몇 가닥 남은 면발이 탕의 흔적을 남긴다.

가끔씩 아비는 소주 한 병도 챙겨온다. 아비가 소주를 챙겨오는 날이면 오빠와 문희는 긴장을 하게 된다.

늘 그렇듯 술은 쓸데없는 용기와 모험심을 자극시킨다.

술에 취한 아비는 바다에 오줌발을 세우고 고래고래 소리를 지르며 지나가는 사람들의 시선을 잡아끈다. 창피하다.

운수 더러운 날이면 동네 건달들에게 혼쭐나게 얻어터지기도 한다.

"아! 재수 없어. 중놈이면 중놈답게 행동해. 어디서 술이나 처먹고 시비야 시비는. 그리고 중이면 산에서 나물이나 캐먹을 것이지 고기는 왜 잡아먹고 지랄이야."

"야, 이 버러지 같은 놈들아. 네 애비가 이따 구로 사람을 치라고 하더냐. 에이, 거지 같은 것들."

아비는 세찬 주먹질에 흉하게 터진 입으로 잘도 이런 소리를 질러댄다.

신나게 매질을 하던 건달들은 기가 찬지 침을 모랫바닥에 '퉤' 뱉고는 사라진다.

차디찬 모래에 얼굴이 박혀 허우적대는 사람.

울고 있는 문희, 울고 있는 오빠, 울고 있는 아비.

이것이, 문희의 아비다. 어미의 남편이다. 오빠의 아버지이다.

빨래가 좋아요

우악스럽게 내리던 비가 그치고. 볕이 '쨍'하다. 오늘 하늘은 높고 푸르고
깊다.
문희의 집은 노란색 벽에 회색 기와를 얹은 암자다.
처마는 낮고 창문은 단 하나도 없다.
이런 날, 문희네 가족은 모든 방문을 활짝 열어 볕을 쬔다.
방문을 열면 볕은 1평이 남짓한 방을 모두 비추고도 남는다.

이런 날 꼭 하는 게 있다.
빨래.

문희는, 속옷을 빤다. 양말도 빤다.
우연히 엄마가 걸레를 빨라 시켰는데 문희가 너무도 깨끗이 빨았는지
칭찬을 넘치도록 하는 것이다.
그때부터 빨래가 좋아져 볕이 좋은 날이면 으레 빨래를 한다.

우물은 좀 깊긴 하지만 올챙이다 개구리다 볼 것
이 많아 꼭 이곳에서 빨래를 한다.

한 바가지 푸면 까만 올챙이가 꼭 3마리씩 딸려 온
다. 문희 올챙이도 잘 만지고 개구리도 잘 만진다.

올챙이 배를 자세히 들여다보고 있으면 창자들이
실타래처럼 뭉쳐 있는 것도 볼 수 있다.

재미있다. 이것들을 다시 건져 우물에 넣고 빨래를
시작한다.

작은 손보다 몇 뼘은 더 큰 옷가지들은 쉽게 치대
지지 않는다. 그래도 열심히 치댄다. 그러면 옷에서
빛이 난다. 다 된 것이다.

구름 한 점 없는 하늘에서 쏟아지는 6월의 햇살은
충만한 에너지와 열정과 행복을 심어준다.

빨래를 널고, 허리를 펴고, 하늘을 바라본다.

따스하고, 힘이 솟고, 행복하다.

우물의 잔물결은 햇볕을 받아 반짝이며, 작은 올챙
이들의 헤엄침은 어느 무용수의 춤사위만큼 우아
하다.

오후는 따스하고, 문희는 행복하다.

작은 사건의 종착지

작은 사건들은 종결엔 큰 사건으로 불거져, 얼핏 보기에는 아무런 관계가 없어 보였던 일들이 꼬리에 꼬리를 물고 집이란 테두리 안을 혼란시킨다.

무심히 놔두었던 작은 구슬들이 밥상을 들고 오던 엄마를 넘어트리고, 곧이어 냄비의 뜨거운 국물이 쏟아지며 문희의 오른쪽 팔을 덮쳐버리고, 그 광경을 지켜보던 아비는 험한 소리를 퍼붓고, 이어 속상한 어미의 질책이 문희에게 내뿜어지면 집안은 온통 울음과 꽥꽥거림으로 정신을 차릴 수 없게 된다.
이쯤 되면 문희로 인한 소란스러움은 사라지고 부부의 잔혹한 싸움만이 존재하게 된다.
문희는 오히려 너무도 차분해져 이들의 야단법석거림을 지켜본다.
이런 일들은 흔하게 일어나면서도 항상 새로운 면모로 이집 사람들에게 굉장한 이슈를 만들어 낸다.

이집에서 자주 볼 수 있는 풍경- 엄마의 헝클어진 머리, 오른쪽 눈의 멍, 아비의 찢어진 웃옷, 검붉은 핏덩어리가 낭자 된 바닥.

그리고 문희가 제일 좋아하는 텔레비전의 박살.

모르긴 몰라도 문희네가 부자였다면 매일 새로운 텔레비전을 볼 수 있어 신났을 것이다.

집 안에서 느낄 수 있는 것은 안식이 아닌 폭력과 공포와 꽥꽥거림의 난폭함뿐이다.

이 안에선 아주 사소한 것들이 큰 울림으로 번져 감당할 수 없는 큰 사건으로 확대된다.

어떤 사건이 벌어지던 결과는 똑같다.

사랑이 상처로 변하는 곳

가끔 혼란스러움은 생각지도 못한 큰 사건으로 불거져 어린 문희와 오빠에게 감당하기 힘든 감정적 상처를 안겨주기도 한다.

'**하루만 지나면 돼. 다시 내일이 오는 거야.**' 문희와 오빠는 생각한다.

이 집은 여전히 만사가 어긋나 있다. 오빠는 늘 비참함을 느꼈고, 문희는 늘 불행했다.

이날 문희는 정신없이 놀다가 늦은 귀가를 했다. 도착한 집은 너무도 엉망으로 뒤집혀져 있어 문을 열고 방안으로 들어갈 엄두조차 낼 수 없었다. 엄마와 아비는 모두 어디로 간 것인지 알 수가 없다.

어찌 할 바를 몰라 집 주위를 서성이고 있는 문희에게 어디서 나왔는지 오빠가 울면서 다가온다.

"엄마는"

오빤 아무 말도 없이 문희의 손을 잡고 어딘가로 이끈다.

"오빠?"

여전히 말이 없다.

한참을 조용히 걷던 오빠는 갑자기 뛰기 시작한다. 그 바람에 문희는 미처 바로 신지 못했던 구두가 벗겨진다.

한 쪽, 한 쪽, 결국엔 양 쪽 다 벗겨져 맨발이 된다. 오빠 또한 자신의 발보다 몇 치수는 큰 파랑색 슬리퍼를 벗어 산골짜기 밑으로 짚어 던져버린다.

맨발의 남매다.

오빠 손에 이끌려 도착한 곳은 마을 중심가에 위치한 파출소다.

왜 이곳에 온 것인지 영문을 알 수 없다.

한참이 지난 후에 알게 된 것은 엄마가 이곳의 차가운 쇠창살 속에 갇혀 있다는 것과 아비가 음독으로 병원에 입원했다는 것이었다.

우연히 절을 찾은 신도가 집안의 광경을 보고 엄마를 신고하고 아비는 병원으로 이송했단다.

오빤 몹시 겁먹은 것처럼 보였는데 아마도 엄마를 이대로 영영 볼 수 없게 될까봐 그랬던 것 같다.

엄마에게 오빠가 특별한 사람이듯 오빠에게도 엄만 특별한 사람인 것이다.
그러나 이런 특별함은 감당하기 힘든 상처 앞에서 그 힘의 작용이 변모
되기도 한다.
증오의 대상으로, 불신의 대상으로. 오빠는 더 이상의 상처를 거부하며
마음의 문을 닫으려 한다.

엄마는 동이 트기 시작하는 이른 아침이 되어서야 파출소를 벗어날 수
있었다. 아비의 음독은 자기 분에 못이긴 자해로 판명 되었기에 엄마는
무혐의로 나올 수 있었다. 아비는 그로부터 3일 후에 집으로 돌아왔다.
부부의 불쾌하고 소란스런 소동은 이렇게 마무리 됐다.
그러나 오빠는 지워지지 않을 공포로, 믿을 수 없는 현실로, 이 사건을
가슴 깊이 새겨 넣었다.

들장미 소녀 캔디와 설거지

"문희야! 백원 줄게 나가서 설거지 할래?"

"싫어. 나 만화 볼 거야."

"빨리하고 들어와서 보며 되잖아. 엉?"

"엄마가 하면 되잖아."

"그래서 엄마가 백원 준다고 했잖아. 엉?"

문희에겐 들장미 소녀의 시청이 하루 일과 중 가장 중요한 한 때라 할 수 있다.

안 한다고 떼를 써 볼까? 아님 그냥 엄마 말을 들을까?

일곱 살! 문희는 떼를 쓸 수도 없고 다 큰 아이처럼 철이 들 수도 없다. 일곱 살은 혼돈의 시기다.

억수로 내리는 비. 이렇게 양동이로 퍼내듯 비가 쏟아지는 날에 설거지라니…….

큼지막한 우산을 어깨에 걸치고 쪼그려 앉아 설거지를 한다. 그렇지만 자꾸만 우산이 흘러내려 설거지 그릇이 빗물에 잠기듯 빗방울에 문희의 몸도 잠긴다.

"이런 지랄 맞은 비 같으니라고……. 난 너를 좋아하지만 지금은 아니야. 그러니 내가 설거지를 다 할 동안만이라도 다른 곳에서 놀다 오면 안 되겠니?"

문득 하늘이 미워진다.

잠시 뒤, 문희가 안쓰러웠는지, 아님 미안했던지. 오빠가 우산을 들고 나온다. 그리고 조용히 다가와 말없이 우산을 들어준다.

설거지는 그럭저럭 깔끔히 끝냈다. 이젠 들장미 소녀 캔디를 볼 수 있다. 다행히 들장미 소녀는 아직 끝나지 않았다.

엄마는 설거지를 마치고 들어오는 문희에게 백원을 넘겨주며 '수고했다' 한마디 한다.

텔레비전에서는 들장미 소녀 캔디의 "외로워도 슬퍼도 나는 안 울어."라며 엔딩송이 흘러나오고 있었다.

망부석 문희

8월의 해가 중천에 떠올라 하늘에 불을 지핀 듯 강렬한 열기를 쏟아내고 있다.

엄만 이 더운 날, 웬일인지 읍내로 장을 보러 나간다 한다.

문희도 따라가고 싶어 얼른 신발을 신으며 엄마 뒤를 쫓는다. 엄만 귀찮다면 등을 마구 떠밀어낸다. 한사코 따라가겠다던 문희는 끝내 엄마의 불같은 호통에 놀라 집으로 돌아올 수밖에 없었다.

이 산골짜기로 이사 온 이후 문희 가족들은 중한 일이 아니면 읍내로 내려가지 않는다. 그러니 이렇게 엄마나 아비가 시내로 마실 나설 때에는 함께 동무로 나서길 바라는 것이다.

그러나 문희는 번번이 거절을 당하고 집을 지키기 일쑤다. 그러면 문 앞 봉당에 쪼그려 앉아 돌아오는 이를 기다린다.

오늘도 봉당 한 귀퉁이가 문희의 지정석이 되었다.

엄만 한참을 기다려도 오지 않는다.

'이럴 줄 알았으면 끝까지 쫓아갈 걸······.'

집엔 아비도 없고 오빠도 없다. 시끄러운 매미소리만 귀를 어지럽힐 뿐 개미 한 마리도 보이지 않는다. 쓸쓸하다.

산 밑으로 돌 하나를 던져본다. 풀숲을 가르는 돌 굴러가는 소리만 들린다.

"엄만 언제 올까?"

누군가 문희를 깨운다. 커다란 얼굴이 이마에 와 닿는다. 엄마다.

"너 여기서 뭐 해? 계속 이러고 있었던 거야?"

그제야 문희는 봉당에 엎드려 자고 있었다는 것을 알았다. 엄마를 기다리다 지쳐 그대로 잠이 든 것이다.

"얘가 왜 이래. 들어가서 잘 것이지. 이렇게 더운데……."

엄만 좀 언짢은 듯, 좀 미안한 듯 문희를 안아 들고 방으로 들어간다.

그리고 다음번엔 장에 데리고 갈 테니 밖에서 자지 말라 말한다.

그 말에 문희는 금세 기분이 좋아졌다.

엄만 장에서 사왔다며 뻥튀기 과자를 내놓고 봉당으로 나가 문희가 잠들었던 자리를 빗자루로 쓸어낸다.

2부 마음

학교에 첨 발을 들여 놓았을 때의 흥분과 설렘은,
입학식이 끝난 후에 먹은 짜장면에서 절정을 이루었던 것 같다.

문희는 지금까지 이날 먹었던 짜장면의 맛을 잊을 수가 없다.

3월 2일. 엄마가 서두른다.

억세게 팔을 부여잡고 우물물을 끌어올려 세수를 시킨다. 언제 사 놓았
는지 분홍레이스가 달린 원피스도 입혀준다. 그리고 그에 걸맞은 하얀
레이스양말과 분홍구두 한 켤레를 신겨준다. 마지막으로 캔디가 그려진
빨간 책가방이 어깨 위로 걸린다.

"가방이 너무 큰 것인지 모르겠네."

"네가 좀 작아서 가방이 커 보이는 것이니깐 어쩔 수 없겠어."

엄마는 문희보다도 들뜬 것 같다.

문희는 서둘러 밥을 먹고 엄마가 준비해 준 새 옷과 신발을 신고 가방을
멘다.

엄만 하얀 저고리에 검정 치마를 입고 흰 덧버선과 검정 고무신을 신는
다. 머리도 단정히 쓸어 넘겨 너무도 예뻐 보인다.

"엄마! 오늘 엄마가 젤 예쁠 거야."

"그래? 엄마가 예뻐 보여?"

"응!"

오늘은 입학식이다.

이날을 손꼽아 기다렸건만 막상 당일이 되고 보니 떨림이 지나쳐 무섭기까지 하다.

문희가 입학한 학교는 마을의 끄트머리에 위치해 있어 집에서 걸어가면 30분 정도의 시간이 소요된다.

도착한 학교 운동장 안은 때 빼고 광낸 부모들과 그들의 코흘리개 아이들의 긴장과 설렘으로 활기를 띠웠다.

어려 보이는 여선생들은 아이들에게 이름표를 나눠주며 하얀 손수건을 가슴에 달아준다. 손수건의 용도는 코흘리개 아이들을 위한 것이다. 그도 그럴 것이 아이들은 하나같이 코 아래로 누런 콧물을 줄줄 흘렸고 그들의 소매는 누런 콧물의 얼룩으로 조금은 딱딱하게, 조금은 허름하게 구겨져있었다

손수건 증정식이 끝난 후 선생들은 아이들의 이름을 불러 반을 배정하고 자기 반 학생들을 교실로 이끌었다.

문희에게 배정 된 반은 1-1 반이다. 담임이란 이가 들어온다.

굴곡 없는 뾰족한 턱, 가자미 눈깔을 붙여 놓은 것 같은 쪽 찢어진 눈, 병자 같은 하얀 피부, 전체적으로 불편함을 자아내는 얼굴이다. 이름은 김순정.

여선생은 자신을 소개하면서도 그 뾰족한 턱을 유난히 치켜든다.

턱주가리가 위로 향할수록 알 수 없는 경계심이 자꾸 생겨 문희는 고개를 다른 곳으로 돌린다.

먼저 키 순서대로 자리를 배정받고 학교에서의 첫 수업을 시작한다.

교실 뒤편엔 기대와 호기심으로 서 있는 학부모들이 자신의 아이들을 번갈아 보며 자식의 생애 첫 수업을 참관한다. 그렇게 엄마도 문희를 바라보고 있다. 왠지 수줍어 으쓱해진다. 이 아이들 중에서 문희가 가장 빛났으면 좋겠다.

등교의 첫 수업은 간단한 자기소개와 짝꿍 정하기로 마무리 되었다.

긴장과 설렘으로 문을 연 초등학교 입학식은 여러 코흘리개 아이들의 환호와 울음으로 부모들의 야단침과 난처함으로 어지러운 가운데 끝이 났다.

엄만 집에 곧장 가지 않고 대신 마을 유일의 짜장면 집으로 들어갔다.

이 동네 사람들이 다 모인양 식당 안은 매우 북적이며 혼잡한 시끄러움이 가득했다.

말로만 듣던 중국집을 엄마와 함께 입성하니 처음의 낯섦보단 특별함의 도취감이 이 시간을 즐겁게 한다.

문희는 짜장면을 처음 먹어본다.

"문희야. 간짜장 시켜줄까? 그냥 짜장면으로 시킬까?"

"뭐……. 아무거나. 엄마랑 같은 걸로."

"여기요! 간짜장 두 그릇이요."

엄만 북새통 속에서도 또렷이 들릴 만큼 큰 소리로 주문을 한다.

짜장면은 한참 전에 갈라놓은 나무젓가락이 맨입에 도는 군침으로 인해 끝이 물러진 후에야 나왔다. 반질반질 광택이 도는 면, 그 위에 올린 오이채, 침이 넘어간다.

처음이란 많은 것을 상상하게 하고 기대할 수 있는 모든 것을 동원해 첫 번째란 의미의 특별함을 증폭시킨다.

문희는 이렇게 초등학교 입학식 날, 태어나 첨으로 짜장면을 먹었다.

까매서 더 맛있었던, 엄마와 둘이어서 더욱 행복했던 하루였다.

여선생과 괴물

1학년 1반, 남학생 32명, 여학생 28명. 벌써 한 학기가 지나고 2학기가 되었다. 낡은 바닥이 삐걱거리는 넓은 교실 안은 아이들의 발표와 토론으로 왁자지껄하다.

오늘 문희는 지각을 했다. 아침밥을 늦게 차린 엄만, 늦어도 밥은 먹고 가라며 서두르는 기색 없이 상을 차려 올렸다. 이렇게 해서 등교를 하니 벌써 수업이 시작된 뒤였다.

담임은 앙칼진 구석이 있다. 앙칼스러움은 아이들에게 공포로 다가온다. 문희에게도 그렇다.

차마 교실 문을 열지 못하고 서있는데 때마침 옆 반 선생님이 나온다.

"왜 그러니? 교실에 들어가야지."

"그게 지각을 해서요."

"선생님이 문을 열어 줄까?"

"감사합니다."

옆 반 선생님이 문을 열어준다면 한결 쉽게 교실로 들어갈 수 있을 것 같다. 스르륵 문이 열리고 쭈뼛쭈뼛 교실로 들어선다.

옆 반 선생님은 담임에게 문희를 인계하고 자신의 교실로 돌아간다.

담임은 자리에 앉히는 대신 책가방을 들고 교실 뒤로 가 서 있으라 한다.

여선생의 음절을 따라 또랑또랑한 목소리로 복창하는 아이들의 울림은 문희를 제외한 공간을 채운다. 조소를 흘리는 듯한 담임의 시선은 차갑다. 수업이 끝나갈 무렵 아이들을 복습시킨 담임이 다가온다.

담임은 문희를 싫어한다. 적당히 무지함이 배인 엄마가 담임에게 촌지 한 번 갖다 주지 않아서인지, 우리 아이 잘 부탁합니다. 말 한마디 없는 서운함 탓인지, 공부를 지지리도 못하는 문희 탓인지, 이유는 알 수 없다.

"늦은 이유?"

뭐라 말할지 창피함이 앞서 꿀 먹은 벙어리가 된다.

"엄마가…… 밥을 늦게 차려……줘서…… 먹고…… 오느……."

"밥? 등교할 시간이 지났는데 밥이 먼저였다고? 이건 뭔가 잘못되었다는 생각이 드는데."

"애들아 너희들 중 밥 먹다 지각해 본 사람?"

조용히 선생의 눈치만 보며 저들끼리 숙덕거리는 1학년 1반, 친구들.

"이것 봐. 아무도 없지. 너는 지금 거짓말을 하고 있는 거야. 그렇지? 어디서 놀다가 늦게 오구선 엄마 탓을 하는 거야? 뻔뻔하게 어디서 선생님 앞에서 거짓말을 해."

"아니에요. 선생님! 진짜예요."

시큰둥한 가자미 눈깔을 이리저리 돌리던 선생은 자신의 분신과도 같은 몽둥이로 윗옷을 들추며 쿡쿡 찌른다.

"됐다. 네 엄마가 그 모양이니 너도 그 모양인 거야. 그리고 넌 밥 먹을 시
간은 있고 세수 할 시간은 없는 거야? 저 목에 때 좀 봐."

선생의 말이 끝나자 애들이 큰 소리로 웃는다. 아이들은 가끔 잔인하다.

"좀 씻고 다녀라. 엄마보고 밥만 챙기지 말고 너희 좀 씻기라고 해. 아무
리 먹을 게 중하다지만 거지도 아니고, 너희 거지야? 엄마가 너 이렇게
더럽게 다니는 건 신경 안 써? 아님 네 엄마도 씻지 않는 거야?"

애들은 조금 전보다 더 크게 웃는다. 그리고 눈에 가시를 달고 문희를
훑는다.

"더러운 거지 같은 게. 가서 머리 박아. 나중에 엄마 좀 오라고 해. 부모
가 무식하니깐 애도 저 모양이지."

'뭐라는 거야?' 사실 왜 이렇게 무시를 당하며 머리를 박아야 하는지 이해
가 가지 않아 잠시 생각 중이다.

선생은 그런 문희가 몹시도 건방지고 불손해 보였는지 두 번 말하지도 않
고 아까 배를 쿡쿡 찌르던 그 몽둥이를 휘두른다.

손잡이 부분엔 미끄러지지 않게 검정 테이프가 둘러져 있다.

"거지 같은 게 지 애미를 닮아서 악만 남았어."

"거지가 아니에요. 엄마도, 저도. 우리 집은 가난하지만 거지 아니에요.
거지 아니에요."

그 말이 화근이 되었을까 담임은 시뻘게진 얼굴로 인정사정없이 머리 위
로 몽둥이를 날린다.

무방비 상태, 얼굴과 머리 그리고 무의식적으로 막아든 오른손 위로 무차별 매질이 폭사 됐다.

씩씩대는 담임, 분한 문희, 좋은 구경거리에 신난 아이들.

입술이 바르르 떨린다. 울음은 나오지 않는다. 분노보다 의문이 앞선다.

원래대로라면 선생님은 자상하고 인자하고 너그럽게, '다음부턴 늦으면 안 돼. 자리 가서 앉아'라고 해야 한다.

원래대로라면…….

수업이 끝난 뒤에도 문희는 교실 뒤에 서 있었다. 아까 문희를 인도한 옆반 선생이 들어왔다.

"왜 아직도 벌을 세우고 있어요? 수업도 끝났는데?"

"쟤, 걔에요. 저 위에 절에 사는, 애비가 중이라는데 모르죠. 무당이 중흉내를 내는지……."

"그래요? 쟤는 이제 들어오라고 하죠. 왜?"

"말하는 게 싹수가 노래요. 버르장머리도 없고, 저 외모도, 봐요. 친자식이 맞기나 한 건지……. 아무튼, 전 이번에 버릇을 고쳐놔야겠어요. 절에 사는 것도 꺼림칙한데 아비가 중이고 어미란 여잔 인사 한번을 안 와요. 거기다 반의 평균만 잡아먹는 저 꼴통하고, 머리 아파요. 머리가."

아이들은 손짓 눈짓을 해 가며 자신들만의 잣대로 심판하고 있다.

지금 문희에게는 담임의 추악한 모습만이 떠올라 다른 그 어떤 것도 눈에 담기지 않는다.

치명적 상처는 없었지만 몰골은 심각했다. 머리엔 커다란 혹 대여섯 개가 뚝 불거져 나와 있었고, 손등은 피멍이 차올라 커다란 물집이 잡혔다. 얼굴은 굵고 붉은 줄들이 그어져 있었으며, 눈썹 있는 자리가 부어올라 뾰족한 코보다 높아 보였다.

집으로 돌아와 연신 거울을 보니 분함에 치가 떨렸다.

열심히 착한 아이가 될 생각이었다. 공부는 못해도 열심히 노력하려 했다. 이젠 그러고 싶지 않다.

정말로 착한 아이는 되지 않을 것이다.

점점 부어오르는 얼굴과 손 때문인지는 몰라도,

문희는 괴물이 되어가고 있었다.

사내와 오천 원

10월의 어느 저녁이다. 한 사내가 집으로 찾아왔다. 아비의 오랜 친구라 했다. 말쑥한 차림에 단정한 콧날과 얌전한 입술을 가진 사내다. 아비완 사뭇 다른 세계의 사람 같다. 반듯한 자세와 잘 다려진 회색 양복을 말 끔히 입고 있다. '정말 친구가 맞을까?'

사내는 문희와 오빠를 위해 사왔다며 종합 과자 선물 세트를 내민다.
그 속엔 과자와 껌, 사탕들이 가득하다. 근사한 선물이다.
오빠와 문희는 감사하단 인사도 잊은 채 과자 상자에 매달려 개수를 세어가며 반반씩 나누고 있다. 이를 본 엄만 딱딱한 어조로 나무란다.
"고맙습니다 해야지. 애들이 아직 철이 없어서요." 사내는 괜찮다며 호탕하게 웃는다.
"애들이 다 그렇죠."
자상한 마음을 보인다.

오랜만에 찾은 손님이라 저녁이 꽤 근사하다. 충분히 익힌 돼지고기, 평소엔 잘 먹을 수 없었던 잡채, 그리고 엄마가 지난 여름 처음 담근 매실주가 올려졌다. 어른들은 오랜만에 웃어대며 떠들썩하다.
손님에게 체면을 차리려는 듯 엄만 우아한 팔색조 옷을 입었고 아빈 뭐라 표현할 수 없는 꾀죄죄한 회색 옷을 입었다. 그것 또한 신경 쓴 것이리라.

시간은 어느덧 자정이 되었다. 집이 좁은 관계로 손님은 문희들과 함께 잠을 청했다.

사내가 잠든 늦은 시각, 문희를 깨우는 손이 있다. 힘겹게 추켜올려진 눈에 오빠 얼굴이 비친다. 그의 눈은 기괴한 광채로 번득인다.

오빠는 문희가 완전히 잠에서 깨어날 때까지 기다린다. 맑은 정신인 것을 확인하고선 성큼 걸어가 사내의 바지 주머니에서 오천 원을 꺼내 그것을 자신의 주머니에 아무렇게나 쑤셔 넣고 문희를 뚫어지게 쳐다본다.

"엄마 아빠한테 말하면 죽어. 너도 공범이야."

문희는 얼떨결에 도둑의 공범이 되었다. 오빠가 무슨 생각으로 돈을 훔치는지 알 수 없지만 그는 몹시 흥분해 있다.

다음 날, 아침 여느 때와 다름없이 학교에 갔다. 오전 수업까진 아무 일도 일어나지 않았다.

점심시간 누군가 찾아왔다며 담임이 찾는다.

'이런, 그 손님이다.' 돈이 없어진 것을 알았을 것이다.

사내의 등이 보인다. 조용히 다가가자 돌아서며 자상한 눈과 따뜻한 두 손으로 문희의 손을 잡는다.

"돈을 가지고 간 것이 너니?"

'뭐라 말해야 하지?'

사내는 한층 더 가까이 얼굴을 들이밀며 다시 묻는다.

"돈을 훔친 건 나쁜 행동이란다. 그래, 돈은 어디 있니?"

문희는, 이 순간이 너무도 싫다. 이런 당황스럽고 무서운 순간이 끝도 없이 계속될 것만 같아 가슴이 답답하다.

울음이 목구멍까지 차올랐지만 토해내진 않았다.

'울면 내가 인정하는 것이 되는 것이다.'

그러나 결심은 사내가 손을 잡는 동시에 무너졌다. 연약한 문희는 보일 듯 말듯 고개를 끄덕인다. 어쨌든 공범이니깐.

사내는 문희를 이끌고 집으로 향했다. 집엔 엄마와 아비가 홍당무 같이 빨개진 얼굴로 앉아 있다. 오빠는 언제 왔는지 방 한쪽 구석에 얌전히 앉아 두 팔을 머리 위로 올리고 있다. 전신이 분노로 격한 엄만 꼿꼿이 서 있는 문희를 보더니 맹렬하게 화를 쏟아낸다.

"이 도둑년! 누가 그따위 짓을 하래. 내가 그렇게 가르쳤어? 이 도둑년. 이 도둑년아!"

욕을 하면 할수록 엄만 더욱 험하게 다그친다.

사내는 아무 말 없이 바라만 본다. 문희는 사내가 너무도 밉다. 이렇게까지 하지 않아도 돈은 돌려받을 수 있었다.

굳이 이렇게까지 해서 문희와 오빠에게 모욕감을 주는 것이 잔인하다.

사내는 자상한 얼굴로 악마의 짓을 하고 있는 것이다.

아비는 조용히 오빠를 이끌고 건넛방으로 들어간다.

'쉭쉭.' 오빠의 종아리는 한 번의 '쉭' 소리와 함께 붉은 줄이 그어졌다. 이를 본 엄만, 몹시 분개하며 문희를 끌고 오빠가 보이는 맞은편으로 가 아비와 똑같이 문희에게 매를 휘둘러 대기 시작한다.

오빠가 한 대를 맞으면 문희는 맹렬히 두 대를 맞았다.

얼마를 맞았을까? 두 다리에 피가 흐르기 시작했다. 아픔보다 억울함이, 분노가 치민다. 이를 악물고, 눈을 부릅뜨고 울음을 참는다.

잘못했다 말하지 않는다. 피 나는 종아리를 문지르지도 않는다. 엄마는 이런 문희를 보며 매질에 더욱 속도를 붙여 불덩이 같은 다리에 고통을 쉼 없이 심어 준다.

오빠는 몇 차례의 매에 자신의 잘못을 쉽게 인정하고 구석에 쪼그려 앉아 울고 있다. 그의 매는 끝이 났다.

문희는 아직 진행 중이다. 여기에 문희를 구해 줄 사람은 없는 걸까?

'내가 잘못했다.' 한마디만 하면 그쳐질 매질인데, 꾹 다물어진 입에선 그 말이 나오지 않았다.

사실 잘못했다 말한들 매질이 쉬이 멈출 것 같진 않다.

'왜 어느 누구 하나 나서서 말리지 않는 걸까? 지금 당장 매를 맞다 죽는다 해도 슬퍼할 사람은 없을 거야. 대신 골치 아픈 자식 하나 없어졌다 좋아하겠지. 버러지 같은 존재니깐. 그래도 이건 너무해. 아무도. 내가 어떤 아이인지 모르는 거야. 도둑질도, 거짓말도 한 번도 한 적이 없는데 그걸 모르는 거야.

이들은 함께 산 이 긴 시간 동안 알려고도 하지 않았던 거야. 시간이 지나면 당연히 알아지는 것인데⋯⋯.

그것조차 못 느낄 만큼 관심이 없는 거야.

나는 이집에 왜 있는 것일까?'

질풍처럼 쏟아지던 매는 20개의 회초리가 피로 얼룩져 모두 부러지고 나서야 끝이 났다.

문희는 바닥에 쓰러졌다. 아픔보단 분노가 가슴을 메운다.

이제야 서럽게 울음을 터트린다. 집어삼킬 것 같던 매질의 공포 때문이 아니라 사람에 대한 공포 때문에⋯⋯.

북받친 울음은 한참이 지나서야 멎어들었다.

너무 울어서일까? 사물이 정확히 보이지 않는다. 눈은 퉁퉁 붓고 종아리에선 아직도 피가 흐르고 있다.

사내가 조용히 다가와 검고 붉게 변해버린 종아리에 연고를 발라준다.

손이 닿을 때마다 쓰라림에 몸서리가 쳐진다.

사내는 아무 말도 하지 않고 조용히 가방을 챙겨 자신이 왔던 곳으로 떠났다.

잊지 못할 아픔의 고통을 남겨둔 채.

문희는 한동안 학교에 나가지 못했다. 잔인한 매질로 엉망이 된 다리로
걸을 수 없었고, 식구들은 그런 상태로 남에게 보이고 싶어 하지 않았다.
오빠는 조금은 미안했는지 자신이 아끼던 딱지 몇 장을 주었다.
문희는 딱지 같은 것에는 관심 없다.
여자애들은 종이인형을 좋아한다.
문희도 그랬다.
역시 이들은 문희를 알지 못했다.

앙팡 테리블(enfant terrible)

일요일 오후 해가 지기 시작할 무렵 오빠 작은 방에 누워 잠이 들었다.
낯익은 방안은 서서히 낯선 곳으로, 시선은 밖에서 안으로 들어가는 듯 몽롱
한 현기증이 느껴진다.

오빠는 꿈을 꾸고 있다.
초록색 벽지가 인상 깊은, 시든 장미꽃이 꽂혀 있는 화병이 있는 방에 오빠가
서 있다.

꽃병 앞엔 낡은 거울이 있고 그 속엔 일그러진 자신이 있다. 오빠 한동안 거울
에 비친 자신의 모습을 꼼꼼히 살펴본다. 그러자 자신의 얼굴에 엄마가 겹친
다. 아비도 겹친다. 결코, 품위 따위의 것에 갖다 붙일 수 없는 투박한 얼굴들
이 비친다. 그리고 서서히 거울에 이런 글이 새겨진다.

잔인해.
착한 얼굴을 가지고.
하지만 나쁜 아이야.
엄마 아빠는 누구야?
너의 가족은 누구야?
괴물.
나빠.

'넌 누구야?'
"넌 나쁜 아이야."
"넌 나쁜 사람들이 만들어낸 나쁜 아이야."

오빠 소스라치게 놀라 잠에서 깬다.
"악몽."

땀으로 얼룩진 얼굴을 닦아내며 책상 위에 놓인 작은 거울을 들여다본다.
거울에 비친 얼굴은 엄마도 아닌, 아비도 아닌, 오빠 자신의 얼굴이었다.

이모?

문희가 사는 동네는 벚꽃이 피는 4월이 무척이나 아름답다. 깔끔하게 정돈된 거리는 굵직굵직한 벚나무로 성을 이루고, 풍성한 꽃잎들은 살랑살랑 바람이 불 때면 분홍요정이 되어 거리 위에 내려앉는다.
산 밑에 자리한 논과 밭은 윤기 나는 파릇파릇한 새싹들로 채워져 거대한 푸른 물감을 뿌려놓은 듯 선명함이 무성하다.
멀리 보이는 바다는 에메랄드 속 신비한 색을 자아내며 그 요염함을 뽐낸다.

4월은 이렇게, 언제나 반가운 손님처럼 마음을 설레게 한다.

월요일, 이른 아침부터 분주함을 보여준 엄마는 오늘 몹시 긴장한 모습이다. 청소며, 빨래며, 반찬까지 여간 신경 쓰는 것이 아니다. 평소의 엄마라면 있는 반찬과 밥으로 대충 끼니를 때웠을 것이고, 문희와 오빠는 불평 없이 밥을 먹고 자잘한 집안일은 손수 정리했을 것이다.

평상시와는 달라도 너무 다른 엄만 오늘 문희들의 손을 빌리지 않았다. 심지어 걸레질 하나까지 정성이 깃들어 성스럽게 보였다.

문희는 점점 그런 엄마가 뭔가 근사한 일을 벌일 것 같아 호기심이 인다. 아침나절을 분주하고 요란하게 일하던 엄만 정오가 되자 서둘러 어딘가로 길을 나선다. 그러고 보니 아비가 보이지 않는다. 집을 나섰던 엄마는 다 저녁이 되어서야 돌아왔다. 아비도 함께이다. 그리고 이들 옆엔 아름다운 여인이 서 있다.

짙은 갈색머리, 황금빛 피부, 별나라 사람 같다.

그리고 또 한 사람, 매우 하얀 피부, 진갈색 머리칼, 파란 눈동자, 마치 바비인형 같은 그런 아이가 있다.

"문희야! 희섭아! 인사해. 이모다. 미국 이모." 들뜬 목소리.

"네가 문희니? 그리고 희섭이? 반갑다. 이모야. 이모. 너들 엄마 동생, 만나서 반가워."

'이모? 이분이? 엄마에게 이렇게 멋진 동생이 있었어?'

피가 섞인 친동생이라니 전혀 믿기질 않는다. 이 사람은 마치, 마치 요정 같다. 문희네와 전혀 상관없는 먼 우주에서 온 요정.

"이모. 꼬마는 누구예요?"

"아~! 내 딸이야. 케어리! nice to meet you."

"nice to meet you."

인형 같은 아이가 뭐라고 말을 한다. 쉴라쉴라 이상한 말이다.

"뭐라고 하는 거야? 꼬마야."

"반갑다고 말하는 거야. 만나서 반갑데."

문희는 눈부시게 빛나는 아이의 파란 눈에 눈을 맞추며 씩 웃어 보인다. 아이도 웃는다.

무엇 하나 닮지 않은 자매는 4월의 따뜻한 햇살이 충만한 작은 마당 위에서 한참을 보낸 후 집안으로 들어온다.

둘은 아까부터 꼭 잡은 손을 놓지 않고 있다. 왠지 다른 사람 같다. 문희의 엄마가 아닌 이모의 엄마 같다.

이모는 미국에 산다고 했다. 15년 만에 첨으로 한국 땅을 밟은 것이라며 무척이나 감격하여 몇 번씩이고 엄마의 손을 맞잡으며 눈물을 흘렸다. 그 모습을 보고 있자니 왠지 가슴 한구석이 찡해온다.

이모는 엉망인 집안 꼴을 보고도 놀라는 기색 없이 자연스럽게 행동했다. 그러나 이런 이모와는 달리 문희네는 지저분한 방과 더러운 벽지를, 꼬질꼬질한 이불과 담요 더미를 부끄러워해야 했고, 여기저기 패여 있는 문짝과 바닥을 보이며 화끈거려야만 했다.
특히 엄마는 뼛속까지 스미는 창피함의 뻑적지근함을 맛봐야만 했다.
이 광경의 원인 제공자인 아비는 이모가 온 뒤로 말수까지 줄여가며 행동의 조심함을 보였다.
그 불편함 때문인지 그는 아침 일찍 집을 나가 밤늦게 돌아오는 경우가 많아졌고 술을 먹고 오는 날이 조금씩 줄어들었다. 그도 이모에게 추한 모습은 보이고 싶지 않았던 모양이다.

이모는 이렇게 잠깐의 기적을 만들어주었다.

그래서 그녀가 미국으로 돌아갈 날이 다가올수록 문희들은 서운함과
초조함을 느껴야만 했다. 엄마는 하루에도 몇 번씩 달력을 들여다보며
이제 가면 두 번 다시 보지 못할 동생의 얼굴을 하염없이 바라만 본다.
엄마가 오빠가 아닌 다른 사람을 사랑하는 모습을 본 적이 없다.
문희는 이런 엄마의 모습에 약간의 서운함을 느꼈지만 오빠 별로 신경
쓰지 않았다.

이모는 미국으로 돌아갈 날을 며칠 앞두고서 가고 싶은 곳이 없냐며 있
으면 함께 가자고 했다. 문희는 롤러스케이트장에 가고 싶다고 했다.
이렇게 해서 버스를 타고 시내에 있는 롤러스케이트장으로 갔다.
롤러스케이트장은 시끄러운 음악 소리와 강렬한 리듬에 맞추어 현란하
게 스케이트를 타는, 요란하게 치장한 언니 오빠들로 북적였다.
그들에 비해 문희는 너무 촌스럽다. '아! 집에 가고 싶다.'
저쪽에선 이모가 주인장을 향해 큰소리로 신발 사이즈를 말하고 있다.
문희것까지 두 켤레를 주문한다. 엄마는 벤치에 앉아 쑹쑹 지나가는 사
람들을 신기한 눈으로 바라본다.
"문희야. 자."
이모는 문희손을 잡고 한 발짝씩 앞으로 나아간다. 긴장한 탓에 이모와
맞잡은 손에 억센 힘이 들어간다.

"문희야. 힘 빼고 타는 거야. 자 이렇게"

이모는 멋지게 팔을 저으며 네 바퀴가 달린 신발을 신고 화려하게 미끄러지듯 앞으로 나아간다.

문희 주위로 몰려든 사람들이 이모를 쳐다본다. 이국적 옷차림, 화려한 스케이트 실력에 놀란 것이다. 은근히 어깨에 힘이 들어간다.

문희는 더욱 큰 소리로 이모를 불러대며 호들갑을 떤다. 엄마는 이런 모습에 언짢은 표정을 짓는다.

한밤중이 다 되어 집으로 돌아왔다. 이모는 발에 물집이 잡혔다며 찬물에 발을 담그고 고단한 하루의 피로를 푼다. 엄마는 너무 요란한 곳에 이모를 데리고 갔다며 핀잔을 줬다.

그날 밤 문희는 잠이 드는 순간까지 스케이트장에서의 일을 생각했다. 따스하게 손을 잡아 준 이모의 두 손과 사람들의 부러운 시선, 그리고 엄마의 불쾌한 시선을 생각했다.

문희는 이루어질 수 없는 무언가를 생각했다.

며칠 후 이모는 미국 자신의 집으로 돌아갔다. 그리고 문희네는 다시 일상으로 돌아왔다.

사람은 돌아갔고, 생활은 돌아왔다. 몇몇은 행복했고, 몇몇은 불편했다. 누군가는 아쉬움에 눈물지었고, 누군가는 홀가분함에 날개를 폈다. 그렇게 이모는 떠났다.

재떨이와 삽질

'광기'
갖은 집기들이 낭자된 방바닥.

화창한 6월의 봄날이다. 왠지 가슴 설레는 일이 생길 것 같은 기대감이
감도는 그런 봄날.
문희는 마을을 감싸며 굽이쳐 흐르는, 강이 보이는 마당까지 나왔다.
바다도 보인다. 풍성한 햇살이 박혀 눈부시게 빛나는 너울진 파도가 아
름답다.
낭만적 싱그러움에 흠뻑 젖은 6월의 바람이 코끝을 한차례 튕기고 달아
난다.

뒤를 돌아본다. **아! 이 풍경들**……. 집의 병풍으로 손색없을 40그루의 거
대한 밤나무, 한 모금만 마시면 앓던 속병이 낫는다는 신비의 약수, 노송
이 장벽을 이룬 장엄한 산등성이, 춘풍에 흐드러진 벗나무, 청춘의 잎사
귀들.
집에서 보는 모든 것이 절경이다.

딱히 어떤 일이 일어나진 않았지만 설렘이 지나쳐 불길함이 예감되는 순간. 문희는 모든 자연이 합이 되어 그려낸 황홀한 풍경을 등지고 집으로 향한다.

적당히 따스하게 마른 햇살 뒤로 오늘따라 더욱이 우중충한 집이 보인다.

아침부터 고주망태가 된 아비의 목소리. 요동치는 맥박.

"야! 이년아. 이 화냥년아. 버러지 같은 것들."

딱히 누구를 지목해 말하는지 모를 욕을 퍼붓고 있다. 이것이 화근이 되었을까? 엄만 손에 들고 있던 재떨이를 아비에게 던진다.

"야! 이 새끼야. 내가 화냥년이면 넌 호래자식이야. 아침부터 술이나 처먹고. 아이고 내 팔자야."

엄마는 정확히 자신을 향한 욕지거리라 판단했다. 그리고 그에 걸맞은 적절한 대응을 한 것이리라.

몇 백 년이 걸려도 아비의 술주정은 그치지 않을 것이다.

어떤 이들에겐 술은 대단한 것이어서 전에 없던 무식한 용기를, 얼토당토않는 폭력을, 끔찍한 고통을 불러일으킨다.

아비는 지금 그 술에 취해있다. 초점이 흐려진지 오래다. 그 두 눈에 담긴 것은 절망과 변덕, 괴상망측한 허상뿐이다.

그의 이마에선 좀 전 재떨이에 의해 깨진 상처로 피가 흐르고 있다. 문희와 오빠에게 너무도 익숙한 광경이지만 볼 때마다 섬뜩하기는 매한가지다.

소름끼치는 오싹함을 느낀 순간, 아비는 번개처럼 빠른 속도로 엄마에게 돌진했다. 두 손에 삽 한 자루를 들고서……

삽자루는 대응할 겨를도 없이 엄마의 뒤통수를 후려갈겼다.

솟구치는 피.

힘이 없는 문희와 오빠는, 온몸이 얼어붙은 채 그 끔찍한 광경을 지켜만 볼 뿐이다.

진통제가 필요하다. 실컷 울어 버리거나, 미친 듯이 비명을 지르며 고꾸라지거나, 하지만 그 어떤 것도 할 수가 없었다.

이 무슨 지랄 맞은 아침이란 말인가.

그 이후, 뭐가 어떻게 돌아갔는지는 기억나지 않는다. 정신이 들었을 땐 이미 엄마와 아비는 없었다. 문희가 서 있는 곳도 집이 아니었다.

오빠와 문희는 동네 의원의 복도 끝에 서 있었다.

엄마와 아비는 같은 병실 안에서 두 명의 간호사에게 각각의 뒤통수와 이마를 낚시할 때 쓰는 모양의 바늘로 꿰매고 있는 중이다.

그 둘의 옷은 각기 자신들의 머리에서 흘러내린 피로 덕지덕지 검붉었고, 몸에서는 어느 살인자의 것인 양 끔찍한 피 비린내가 진동했다.

정말로 피 터지는 하루를 보낸 문희네들은 저녁이 다 되어서야 집으로 돌아왔다.

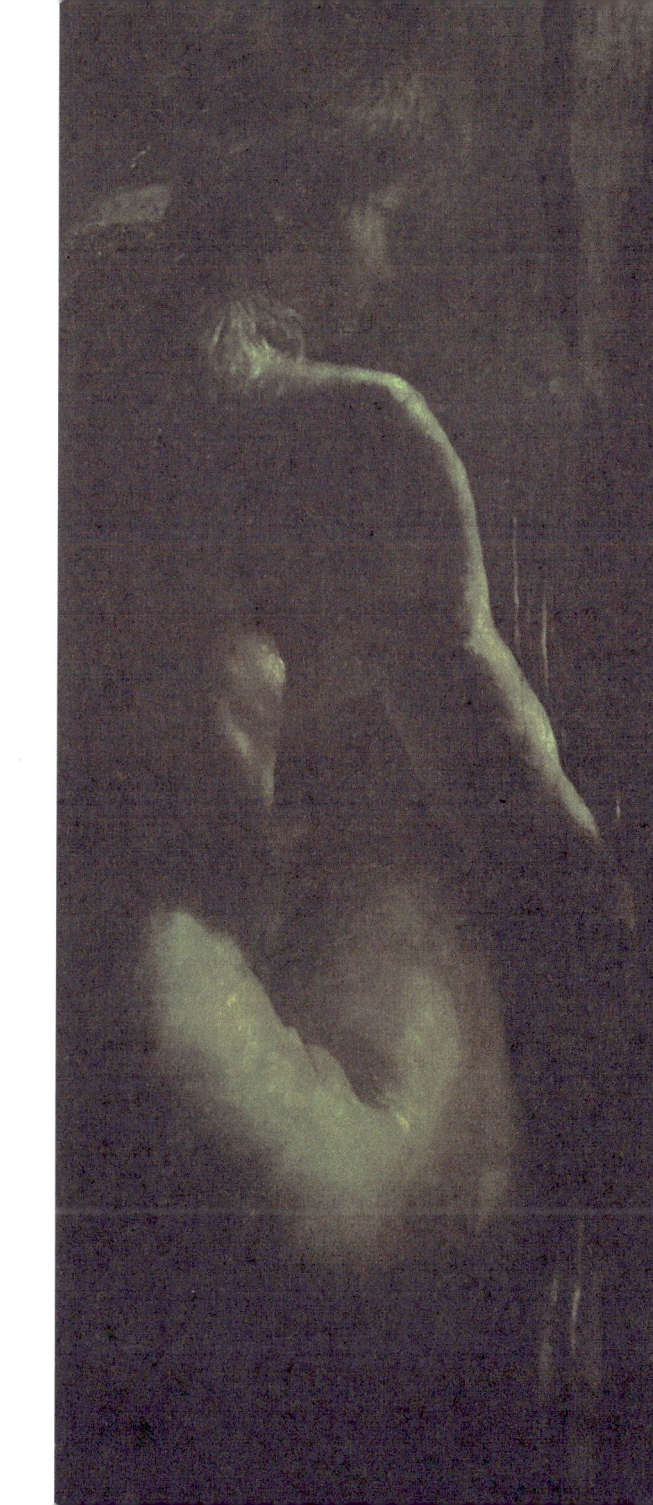

자정이 가까워진 시각, 비교적 차분해진 분위기에 낯섦이 느껴진다.

아침과는 사뭇 다른 살가운 분위기가 연출된다. 서로를 부둥켜안고 위로하고 반성하며 조용히 눈물을 흘린다.

문희와 오빠가 지켜보는 가운데에서도 서슴없이 잔혹한 분풀이를 퍼붓던 이들이, 지금은 세상에 다시없을 사랑의 눈물을 흘리며 부둥켜안고 있다.

진통제의 필요성을 느낀 사건 이후 몇 달이 지났다. 엄마와 아비는 얼마간 서로에게 체면을 차리려 했고, 문희와 오빠는 이들의 부자연스런 친절함에 거북한 시간을 보내고 있다.

이집에서 나쁜 일들은 늘 일어난다. 그러면서도 일상의 보편성을 유지한다.

어찌 보면 이것은 끔찍한 현실에서 가장 적합하게 발전한 문희의 진화된 모습이라 할 수 있다.

잔인하면서 항구적인 현실의 유일한 돌파구인 것이다.

이곳의 뭐라 표현할 수 없는 공기는, 허상과 진실, 거부감과 생기로 뒤죽박죽이다.

익숙한 광기임에도 항상 새롭게만 느껴지는 것은 이 같은 이들의 낯섦 때문이 아닐까?

해적놀이

어스름이 살짝 드리워진 늦은 오후, 잔뜩 구겨진 하늘은 찬란한 태양 대신 묵직한 흑색의 구름만을 낮게 깔아 놓고 있다.

12월의 중순이다. 한파가 잠시 주춤하며 평년의 기온이 오랜만에 찾아왔다. 지붕 위의 눈과 거리에 쌓인 눈은 햇살에 녹아 작은 천을 이루며 흐른다.
작은 방, 유난히 큰 빗살문 밖으로 눈이 녹아 흘러내리는 '똑똑' 소리가 정겹다.

문희는 혼자다. 혼자라는 것은 많은 것을 생각하게 한다. 또한, 단조로운 일상에 지나친 호기심을 자극하기도 한다.
문희는 마치 모험을 찾아 길을 떠나온 용감한 해적 선장처럼 집안을 탐색하기 시작한다.

용감한 해적은 눈부신 보물을 찾을 것이다. 살며시 떨려오는 긴장감은 정말 용맹한 해적왕이 된 듯한 기분을 들게 한다.

먼저 엄마의 옷장을 열어본다. 그곳엔 엄마가 외출할 때만 입는 한복이 들어있다.

흰색 저고리와 무릎 밑으로 살짝 내려오는 검정치마. 멋지다!

꼭 한번 입어보고 싶었지만 좀처럼 엄마의 허락은 떨어지지 않았다. 치마를 가슴 위까지 추켜올려 조이고 커다란 저고리를 입어본다.

사르르 흘러내리는 치맛자락의 느낌이 좋다.

'나폴나폴' 뒤꿈치를 들고 거울에 모습을 비춰보니 상상했던 것보다 예쁘지 않다.

"다른 곳을 찾아볼까?"

벗은 치마와 저고리를 고이 접어 처음 상태 그대로 넣어둔다. 혹여 뒤진 흔적이 남는다면 엄마에게 예쁜 엉덩이를 내줘야 할 것이다.

탐험엔 위험이 따르지만 되도록이면 피하는 것이 좋다.

화장대 위의 서랍을 열어본다.

뽀얀 분첩과 빨간 립스틱이 보인다. 발라본다.

썩 예쁘진 않다. 못생긴 아이라 그런가 보다.

이번엔 이불장 서랍을 열어본다.

'사진첩이네.' 궁금한 마음에 한 장을 넘기고, 두 장을 넘기고 다음 장을 계속 넘겨본다. 엄마가 있다. 아비도 있다. 오빠도 있다. 오빠 어린 시절 사진관에서 찍은 멋진 사진도 있다.

문희 사진도 있다. 독사진은 없다. 세어본다. 한 장, 두 장, 세 장⋯⋯.

'지독하군.'

이제 사진첩의 맨 뒷장이다. 엄마의 어린 시절 사진이 있다. 예쁘다. 초롱초롱한 두 눈을 빛내며 멋진 미소를 짓고 있다. 나와는 닮지 않은 엄마의 모습이다.

'엄마는 지금하고는 많이 다르구나. 지금보다 훨~씬 예쁘잖아.' 국어책에 나오는 철수와 순이 같다. 보편적이고 명랑하며 씩씩한. '엄만 지금 자신이 불행하다고 생각할까?' 궁금해진다.

시계가 6시를 가리킨다. 엄마가 올 시간이다. 지금의 그녀가 지난 시간의 그림자를 본다면, 역정 대신 지나온 흔적들에 겁먹으며 회한의 눈물을 흘리지나 않을까?

그녀는 이 사진들을 보지 않을 것 같다.

서랍 속에 꼭꼭 숨겨둔 사진첩이 그렇게 말하고 있다.

"그녀는 이제 날 찾지 않아."

"그녀는 지금 많이 지쳐있거든."

"그녀에겐 난 쉼터가 되지 못해. 아픈 기억일 뿐이야."

"그녀가 날 다시 찾게 되는 날은 아마도 오랜 시간이 흐른 뒤겠지."

"그래도 난 그녀를 원망하지 않는단다."

"그녀는 그 누구보다 사실 날 그리워하고 사랑하고 있거든. 난 알 수 있어."

"네가 그녀에게 힘이 되어주렴. 사랑을 심어 주렴. 시간을 주렴. 쉼터가 되어
주렴. 무엇보다 추억이 되어주렴."

'그래. 그렇게 할게. 그녀의 사랑이 되어줄 거야. 그것이 가능하다면.'

가출

집. 엄마. 집.

학교를 마치고 집에 돌아오기 전까지는 모든 일은 순조로웠다.
담임이 바빠 나머지 공부도 하지 않았고, 친구들과의 고무줄 놀이도 굉장히 재미있었다. 집에 돌아오는 길에 만난 오빠 친구는 20원짜리 과자도 사주었다. 너무도 신나 콧노래가 절로 나왔다.
그래서 가벼운 발걸음으로 집에 도착했을 때 집안의 깨끗한 정적을 눈치채지 못했다.
도시락을 씻기 위해 부엌으로 갔을 때 비로소 문희는 불길한 기분이 들었다.
집안을 둘러보니 너무도 깨끗하다. 그리고 보니 엄마와 오빠, 아비도 없다. 모두들 감쪽같이 사라진 것 같다. 분명 급한 볼일이 있어 시내로 내려갔으리라.

"그런데 오빠 왜 안 돌아오지?"

문희는 무서운 마음에 울컥울컥 올라오는 눈물을 참으며 찬찬히 집 안 구석구석을 살펴본다.

이상하다. 아침까지 벽에 걸려 있던 엄마 외출복이 없다. 그리고 서랍장 한쪽에 가지런히 정리되어 있던 엄마, 오빠의 속옷이 없다. 이건 정말 불길하다.

가슴이 쿵쾅거리고 두려움이 가슴 한가득 차오를 때 아비가 소주를 입에 물고 방으로 들어왔다. 또 구멍가게에서 새우깡을 안주 삼아 마시다 그대로 집으로 향한 것이리라.

"아빠! 엄마는? 어디 갔어?"

"그런 년 몰라. 더러운 년. 너도 같이 사라져 버려."

아비는 소주를 든 손을 힘껏 휘두르며 소리를 빽 지른다.

"아빠. 오빠가 아직 안 왔어. 시간이 늦었는데. 찾아봐야지."

"내가 그것들을 왜 찾아. 그년이랑 둘이 나갔으니 기다리지 마라."

'엄마가 집을 나갔다고? 왜? 왜? 나만 남겨두고 오빠만을 챙겨서?'

캄캄한 밤이 되어서 문희는 한층 쌀쌀해진 바람에 몸을 떨며 산 밑 큰 도로까지 나가 본다.

'혹여 엄마가 추위에 떨며 날 기다리지나 않을까? 나만 두고 간 것이 미안해 아비 몰래 다시 돌아온 **것은 아닐까?**'

그러나 기다리는 이는 없다. 거침없이 도로를 질주하는 트럭만이 보일 뿐 다른 것은 아무것도 없다. 엄만 정말 문희를 버리고 간 것이다.

온몸에 소름이 돋고 구역질이 나온다.

집에 들어오기가 무섭게 아비는 소리를 지른다.

"어디 갔다 오냐? 너도 네 어미 쫓아가려고? 마음대로 해라. 에이. 거지 같은 것들."

문희는 대꾸할 엄두도 못 내고 방으로 들어가 이불을 뒤집어쓰고 한껏 북받치는 서러움으로 소리 죽여 울 수밖에 없었다.

며칠이 지나도 엄마에게선 전화 한 통이 없다. 그렇게 두 달이란 시간이 지나고 서서히 외로움에 익숙해질 무렵 아비는 문희를 데리고 외할머니 집으로 갔다.

아침 일찍 서둘러 길을 나섰지만 외할머니 집에 도착했을 때는 이미 해가 지고 보름달이 휘영청 떠오른 한밤중이었다.

"저 왔어요. 애비입니다."

아비는 들어가지는 않고 문 앞에 서서 대답을 기다렸다.

문이 열리고 외할머니가 나왔다. "자네 왔는가?"

"어멈 있지요? 데리러 왔습니다."

"들어오게 안에 있네. 좀 일찍 데리러 오지 왜 이제야 오는가?"

'엄마가 여기에 있다고? 그동안 전화 한 통 없었던 엄마가 이곳에 있다고?'

문희는 너무 서러워 그동안 참았던 눈물이 마구 쏟아져 내린다.

콧물, 눈물범벅이 되어도 눈물은 쉽게 멈추질 않는다. 엄마가 그 소리를 들었는지 방문을 빠끔히 열어 내다본다.

"문희 왔니."

그리운 엄마의 목소리인데……. 문희는 달려가 안을 엄두도 못 내고 그 자리에 못 박힌 듯 꼿꼿이 서서 울고만 있다. 그러자 엄만 버선발로 마당으로 뛰쳐나와 문희를 끌어안고 방안으로 들어간다.

"그래 그동안 엄마 많이 미웠지. 미안하다. 전화라도 했어야 했는데 네 아빠가 받을까 봐 못했다. 얼굴이 많이 상했구나. 밥은 먹고 왔어? 학교는 잘 다녔고?"

그러고선 얼굴에 넘쳐나는 눈물을 소맷자락으로 닦아내 준다. 오빠 잠이 들었는지 조용하다.

"이젠 집에 돌아가지. 여기 언제까지 있으려고. 문희 혼자 놔두고 그렇게 집 나오니 살 만했어?"

"그런 말 말아요. 다 누구 때문에 나왔는데."

"둘 다 그만들 하고 넌 내일 아침 일찍 애비 따라 집으로 들어가라. 희섭이 학교도 보내야지. 잔말 말고 내가 시키는 대로 해라. 아이고, 이거 원 심란해서 살 수가 있나?"

그렇게 마무리가 되고 문희네는 다음 날 아침 일찍 집으로 발길을 돌렸다.

버스 안에서 문희는 엄마에게 왜 자신만 놔두고 갔냐고 물어보았다. 엄마만 아무 말도 않고 문희를 자신의 품 안으로 꼭 끌어안기만 했다.

너무 꼭 끌어안아 숨이 차고 답답했지만 밀어내면 또 떠날까봐 엄마가 놓아줄 때까지 한참을 그렇게 숨을 참고 있었다.

문희는 여전히 풀죽은 모습으로 하루하루를 보내고 있다. 또 다시 자신만 남겨두고 떠나버릴 것 같아 여간 신경이 쓰이는 것이 아니다.

엄만 집에 돌아온 뒤로 자주 문희를 끌어안는다. 여전히 심부름과 잔소리가 끝이 없지만 잠이 들 때면 자신의 팔을 내어주며 머리를 쓸어 넘겨주며 잠을 청한다.

"엄마, 이젠 어디 안 갈 거지?"

"그래. 이젠 다시는 널 놔두고 가지 않을게."

스웨터와 떡볶이

해가 저물어 어둠만이 짙게 깔린 12월의 저녁.

부엌에선 아궁이의 숯불만이 벌겋게 타오르고 있다. 엄만 지금보다 젊은 시절에 생계를 위해 동네 여자들과 수다를 떨며 열중했던 뜨개질을 오랜만에 하고 있는 중이다.
솜씨는 녹슬지 않았는지 얼핏 봐도 멋진 스웨터라는 것을 금세 알 수 있다.
문희는 아궁이 옆에 쪼그려 앉아 기다란 장대 하나를 불쏘시개로 삼아 하릴없이 아궁이만 쑤석대고 있다.
"문희야 이리로 와봐. 이것 좀 대 보자."
엄만 뜨고 있는 스웨터를 문희에게 대어본다.
연한 자두색의 몸통에 알파벳이 크게 몇 글자 새겨져 있다.

엄마가 자신을 위해 무언가를 한다는 것은 극히 드문 일이어서 한 번씩 주어지는 따스한 손길에 문희는 적잖이 놀라게 된다.

"엄마! 이 스웨터 내꺼야?"

"그럼. 문희꺼지. 왜? 맘에 안 들어?"

"아니. 맘에 들어. 너무 예뻐."

엄만 연신 스웨터를 들어보며 문희에게 대어 보더니 다시 뜨개질에 열중한다. 엄마의 이런 모습은 너무도 아름다워 작은 혼란을 가져다준다.

상상 속에서나 나올 법한 엄마의 모습이, 왠지 수상쩍은 현실의 일시적 페시미즘이란 생각이 든다.

"이렇게 근사한 일은 첨인 것 같아."

"문희야 왜 그런 소리를 하니? 엄마는 항상 너희들에게 근사하고 멋진 것들을 주고 싶어 해."

"우린 부자가 아니야. 그것이 불행하다고 생각하지는 않지? 불행한 건 내가 너희 아빠를 만난 것이지. 그 인간은 날 비웃기 위해 태어난 사람 같으니깐."

"난 엄마가 좋아."

"그래?"

"응."

엄만 한숨을 크게 한번 쉬고는 옆에 있던 냉수를 한 모금 들이킨다.

"엄마 나도 뜨개질하는 거 가르쳐줘."

"할 수 있겠어? 저기 작은 바늘 2개 가지고 와봐."

엄만 유난히 고요한 눈동자를 드리우며 한 코, 두 코, 떠가며 간단한 시범을 보여주었다.

"엄마 이렇게 큰 옷 뜨는 거 힘들지 않아?"

"그다지. 힘들어 보이니?"

"응."

"힘든 건 이런 뜨개질이 아니야. 인정할 수 없는 존재들이 득실거린다는 것이 힘든 일이지."

이따금씩 느껴지는 엄마의 지친 모습은 살아있는 해골의 모습이 이러하지나 않을까 생각하게 한다.

문희에게 실망이 사람이듯, 엄마에게도 실망은 사람일 것이다.

부엌의 삐거덕거리는 낡은 문짝 뒤로, 달빛 속에서 들려오는 듯한 부엉이의 울음소리가 은은히 넘실거리는 형광등 아래의 두 사람 사이로 끼어든다.

"부엉이다."

"부엉이? 벌써 시간이 이렇게나 되었네. 음……. 늦은 저녁으로 뭘 먹으면 좋을까? 떡볶이가 좋겠다. 문희야! 밖에 나가서 방앗간에서 뽑아온 떡 좀 가지고 와. 얼었을 거야. 잘 때서 물에 담가둬. 저녁은 떡볶이로 하자."

이때 술이 허락되었다면 분명 거나하게 이야기꽃을 피우며 엄마와 멋진 회포를 풀었을 것이다.

이날 문희는, 기적적인 멋진 시간을 만들며 깊어가는 어둠의 고요속으로, 미소 지으며 잠들어갔다.

이들은 가난한 까닭에 마음이 빈약해지는 것이 아니다.
치유할 길 없는 마음, 허물어진 마음, 용납할 수 없는 마음의 소용돌이 속에서 절망하는 것이리라.

감기와 밥상

정말 눈에 보이는 모든 것이 아름다운 날. 햇살은 눈부시게 반짝이며, 대지 위는 따스함을 머금어 그 땅을 딛고 있는 자들이 노곤해지는 하루. 문희는 감기에 걸렸다.

어쩌면 이것은 문희에게 좋은 징조라 여겨도 괜찮을 윤택한 하루였는지도 모르겠다.

이날, 유쾌한 변덕 때문인지, 진정 자식을 사랑하는 애정 때문인지, 엄만 온화함의 호의적 모습으로 힘없는 문희에게 밥숟가락을 친히 들어 입안으로 밥을 넣어주었다. 이것은 정말 정신이 번쩍 드는 놀라운 일이다.

지금까지 유난스런 삶을 살아오면서 엄마에게 따스한 밥 한술 떠먹여진 적이 있었던가?

여느 때와 다름없이 학교수업을 마치고 느지막이 집으로 돌아온 문희는, 밤부터 온몸이 열로 후끈거리며 식은땀을 흘리기 시작했다. 호흡은 가빴고 목구멍은 퉁퉁 부어 물 한 모금도 삼킬 수 없었다.

열기로, 아픔으로 정신은 몽롱해졌고 졸다 깨다를 반복하며 아픔을 호소했다.

잠시 정신이 들 때면 엄마가 젖은 수건을 이마에 대주는 듯했고, '아프지 마라' 말을 건네는 듯도 했다.

하지만 이것은 고통에 못 이겨 나타나는 환상이고 꿈인 듯 싶었다.

아침이 되어서야 이것이 꿈이 아니라는 것을 알게 되었다. 엄만 밤새 문희를 지키며 부지런히 물수건을 갈고 팔다리를 주물렀다.

오랜 시간 동안 마땅치 못한 자식이라 버림받을 것이라 생각했던 문희에게 이것은 기적이며 가슴 북받치는 목메는 순간이었다.

이른 아침, 엄만 한숨도 못 잔 초췌한 얼굴을 우물물 한 바가지로 대충 씻어내고 밥도 거른 채, 문희를 업고 산을 내달려 동네의 하나뿐인 의원으로 향했다.

비록 깡마른 여자아이지만 30분을 업고 뛴다는 것은 힘들었을 것이다. 하지만 엄만 한 번도 쉬지 않았다.

병원에 도착하여 의사 선생님께 문희를 보이며 땀으로 얼룩진 얼굴을 민소매의 역시 땀범벅인 팔로 닦아냈다.

"선생님 어떤가요?"

"아이고, 많이 아팠겠구나. 쯧쯧 아이가 정신을 못 차리네요. 열을 좀 제볼까?"

"이런, 목도 많이 부었고, 열도 많이 나고, 열감기입니다."

"어제 오늘 밥은 좀 먹었습니까?"

"통 먹질 못했어요. 어제 밤부터 열이 나기 시작해서……. 오늘은 지금 일어나자마자 달려 와서 먹일 시간도 없었고요."

"그래요? 우선 열부터 좀 내립시다. 열이 많이 날 땐 외부온도와 상관없이 옷을 벗기고 따뜻한 물수건으로 몸을 닦아 주어야 해요. 그렇게 반복하다보면 열이 내려갑니다. 이 아인 열이 40도까지 올라갔어요. 어젠 더 했겠죠? 이대로 계속 방치했다면 열로 뇌세포가 죽었을지도 몰라요.

그러면 어떻게 되는지 아세요? 아이가 바보가 됩니다. 멍청해지는 거예요. 아이들은 열을 조심해야 해요. 열이 모든 것을 망치거든요. 자. 이제 약을 먹여 보죠.”

의사는 간호사에게 하얀 해열제를 처방하고 먹이게 했다. 얼마의 시간이 지나 열은 내리고 병원에서 나오는 미음도 먹을 수 있게 되었다.

엄만 크게 안심한 듯했다. 걱정을 많이 한 탓인지 그녀의 얼굴이 평소의 반쪽이 되어있었다. 눈도 쑥 들어가 푹 패여 있고……

“맵고 짠 것, 자극적인 것은 좋지 않습니다. 물을 많이 먹이고요. 땀을 많이 흘리면 재빨리 새 옷으로 갈아입히세요. 양치도 자주 해주시고요. 자! 이제 끝났습니다.”

“네, 알겠습니다. 감사합니다. 그럼 수고하세요.”

의사선생은 마지막으로 당부의 몇 마디를 했다.

엉덩이에 주사를 맞고, 약을 짓고, 잠시의 휴식을 취한 후 엄만 또 다시 문희를 자신의 등에 올렸다.

“엄마! 힘들지 않아?”

“힘들긴. 잠이나 자고 있어. 곧 집에 도착할 테니.”

“잠 안 와……. 엄마! 미안해.”

“애가, 쓸데없는 소리 말고 어서 잠이나 자.”

엄마의 뜀박질에 따라 문희의 몸이 들썩들썩 춤을 췄지만, 그것 때문에 머리도 좀 어지러웠지만 그런 것과는 상관없이 너무도 행복했다.

문희는 깡말라 뻐덕뻐덕한 손바닥을 뻗어 엄마의 이마를 닦아냈다. 엄마의 이마는 문희 이마 모양으로 열이 났다.

집에 도착하자 엄만 밥상을 차리고 군불을 지폈다. 잠시 뒤 조그만 양철 밥상을 들고 들어와 볕이 잘 드는 안방 문지방 앞으로 상을 내려놓는다. 상위엔 김치와 물에 만 밥, 간장 한 종지가 있다.

엄만 김치를 손으로 쭉 찢어 물에 씻어 낸 후 밥술 위에 얹어 "아~ 해."하곤 먹여준다.

맹물에 말아 넣은 밥 한술 위에 오른 김치의 그 맛이 세상 그 어떤 산해진미보다 맛있다.

얼마간의 시간이 지나자 문희는 깨끗하게 나았다. 엄마도 한시름 놓았는지 다시 문희에게 심부름을 시키기 시작했다. 그렇게 둘은 다시 일상으로 돌아갔다.

새로운 봄

시간은 멈춘 듯 천천히 흘렀다. 4월의 봄은 그래서 오래도록 기억된다.

4월, 그 풍성함을 뽐내며 시골의 풍경을 진달래와 개나리의 연분홍과 노랑, 새순들의 연둣빛으로 물들여 놓았다. 멀리 보이는 바다, 하늘과 땅의 에너지를 그대로 살 속 깊이 새기며 하늘의 빛을 그 속안에 담는다.
봄은 활기찼고, 화사했다.

사람들은 봄의 노곤함에 '쩌-억' 하품을 하며 오후의 낮잠을 즐긴다. 한철 느껴지는 달콤한 여유로운 풍경이다. 또한 봄은, 강한 식욕과 한해의 시작에서 오는 설렘과 분주함을 안겨주기도 한다.
두꺼운 겨울 점퍼들과 바지들을 정리하며 이불과 신발, 심지어 온 집안의 겨우내 앉았던 먼지들을 털어낸다.

봄의 어느 날 시작되는 하루 가지고는 모자란 대청소인
것이다.
문희네 가족의 마음에도 이 같은 대청소의 날이 있는 듯
하다.
문희의 아비가 지금 하고 있는 일들이 그 대청소에서 오
는 반작용일 것이다.

봄비가 그친 다음 날, 아비는 웬일인지 그답지 않게 부지런을 떨며 집 옆 공터에 비닐하우스를 한 채 세우고 그 안에 땅을 일구었다.

그는 꽤나 열심히 일했고 또한 그 노동에 만족하는 듯 늦은 밤, 흙을 털며 들어오면서도 힘든 기색을 보이지 않았다.

그의 마음에 봄바람이 불어와 설레게 한 것이 틀림없다. 그래서 그는 지금 기대와 만족에서 오는 행복의 달콤함에 젖어 있는 것이다. 봄의 선물이다.

아비는 이른 새벽부터 일어나 다시 일을 시작했고, 늦은 오후가 되었을 때 완공된 비닐하우스를 보여주었다. 그것은 생각보다 컸고 튼튼해 보였다. 엄만 오랜만의 감동에 어색한 기쁨을 낯설게 비췄다.

아비는 이런 반응이 매우 흡족했는지 가족의 이름이 적힌 표지판을 만들어 각각 한 평씩의 땅에 하나씩 박아 땅을 분배해 주었다. 그 길로 문희와 오빠는 시내로 내려가 하우스에 심을 오이, 가지, 고추, 상추, 토마토 씨앗을 사왔다.

상추와 고추들은 고맙게 잘 자라주어 7월에는 소박한 식탁에 먹음직스런 자태로 오를 것이다.

이것이 아비가 36번째 맞이한 봄의 선물이다.

봄은 이렇게 이들에게 삶에 대한 작은 기쁨을 안겨주며 서서히 저물어져 갔다.

변화

아비는 자신의 삶은 언제나 그러했듯 따뜻한 보상 따위는 기대할 수 없
는 잔혹한 감옥 같은 것이라 생각했다.

그가 있는 힘껏 무언가를 하려고만 하면 현실은, 세상은, 자신을 향해
"되지도 않는 짓거리는 이제 하지도 마."라며 소리치는 것 같았다.

그래서 그는 변화를 두려워한다. 변화는 그에게 공포다.

그런 그에게 그리고 이들에게 큰 변화가 생겼다.

Harem

elegante il cappotto nera ... motivo jacquard nocciola e rosso, chiuso da una treccina di lana, di **Rita B** ... egant black wool coat with hazelnut and red ... ard motifs closed with a wool braid by **Rita B**.

아비는 이곳에 정착하게 되면서 자연스럽게 교주가 되었다.

그 자신의 의지와는 상관없이 만들어진 것이었다.

그는 원하지 않았다. 변화를⋯⋯. 그는 변태적 마력을 지닌 사람이다. 사람들은 그런 그에게 열광했다. 한 번 빠지면 늪지에 빨려 들어가듯 헤어나오지 못한다.

그들의 인생은 그렇게 망가진다.

대신 문희네의 삶은 윤택해진다. 그들의 희생으로⋯⋯.

이렇게 변화는 한순간 아비에게 다가와 많은 것들을 혼란케 했다.

첨엔 집안의 정경이 바뀌었다. 고급 자동차, 신식 부엌, 욕조가 딸린 목욕탕, 인켈 대형 오디오, 보르네오 장롱 세트, 컬러 텔레비전⋯⋯.

아빈 부자가 됐다. 그리고 차차 엄마, 오빠, 문희의 행색이 변하기 시작했다. 그중에서도 엄마는 돈으로 즐길 수 있는 최고의 것들을 알아가기 시작했다. 엄만 귀부인이 되었다. 오빠와 문희는 이제 혼자 쓸 수 있는 각자의 방이 생겼다. 새 책상과 의자, 책꽂이, 옷장. 폼 난다. 모두는 이 물질적 변화에 재빨리 적응했으며 표독스런 기쁨을 만끽했다.

그러나 아비는 기뻐하지 않았다. 그의 마음은 아직도 절뚝거린다. 그에게 온 전한 것은 아무것도 없다. 끝없는 불안 속에서 자신이 만들어낸 망각 속을 허우적대며 걸어 다닐 뿐이다.

그에게 변화는 또 다른 절망이 오는 전조현상일 뿐이었다.

우린 이것을 몰랐고, 알아차렸을 땐 이미 모든 것이 망가진 뒤였다.

거짓 우상

아비, 그는 교주다. 거짓말쟁이 교주다.
우매한 신봉자들은 그의 거짓말에 빠져든다.
그들은 자신들의 처지를 대변해 줄 적당한 핑계와 이유가 필요했다. 이
같은 신봉은 광적인 전염병처럼 빠른 속도로 번져 나갔다.

익숙한 고뇌,
처절한 고독,
절망적 질병,
준비되지 않은 죽음.

이것이 아비를 찾는 그들의 이유다.

아비! 이곳에 이사 와, 몇몇 사람들의 추종을 받아 교주가 됐다.

그 성장이 요란했던 사람, 그렇기에 평범할 수 없었던 사람. 그는 사이비 교주로서 갖춰야 할 괴상한 조건들에 부합했다.

사람들은 그런 그를 더욱 신봉했다. 그 결과 집은 요상한 분위기의 뒤틀린 공간으로 변모했고, 아비는 스스로 사람들의 삐뚤어진 신이 되어 그들 위에 군림했다. 이 환경이 가져다준 변화는 컸다.

아비는 동네 유지 비스무리한 존재가 되었으며 그 여파에서인지, 알 수 없는 동네 여자들과의 끊임없는 스캔들이 터져 나왔다.

어이없게도 이 지저분한 스캔들은 문희를 곤란하게 만들었는데, 엄마의 분노의 화살이 문희를 향해 내달렸기 때문이다.

엄마는 어딘가를 다녀오면 버릇처럼 아비의 일과를 물어본다. 그러면 항상 그렇듯 문희는 진실을 얘기한다.

진실은 때론 거짓보다 못한 취급을 받는다. 이런 일이 반복되면서 알게 된 것은 진실 속에 교묘히 존재하는 치졸한 학대의 잔상들이다. 또한, 그 학대의 피해자는 말하는 이가 될 수 있다는 것을 알게 되었다.

"문희야?"

'왜 사형 선고를 기다리는 죄수 같은 기분이 들까?'

"엄마가 부르면 대답을 해야지."

"네."

"오늘 집에 여자 손님이 왔었지?"

아비는 엄마 눈치를 보며 무언의 위협을 가해온다.

"그게……. 잘 모르겠는데?"

"몰라? 손님 안 왔어?"

잠시 생각한다. 손님은 있었지만 그 손님과 아비가 무슨 짓거리를 했는지는 모른다.

"오긴 왔었는데……."

"그래? 뭘 하다 갔어? 손님은?"

"글쎄."

글쎄. 더 이상 무슨 말을 해야 할까?

엄마의 닦달은 계속되고 문희는 머릿속의 기억들을 지워나간다.

"누구였어?"

"글쎄."

이쯤 되면 엄만 거의 뚜껑 열린 끓는 주전자가 된다. 팔팔 끓어 넘쳐 뜨거운 물방울들이 여기저기 튀는…….

그래도 이렇게 마무리 짓는 게 낫다 생각한다. 아빠와 그 손님이 무슨 요상한 짓을 했건 그것은 엄마가 알아서 좋을 게 없다.

그녀도 그 사실을 알고 있을 것이다. 단지 멈출 수 없는 의심과 불신이, 그 더러운 속살을 헤집어 창자까지 다 끄집어내려 할 뿐이다.

엄마에게도 문희에게도 진실은 상처인 것이다.

거짓이 없는 진실의 삭제. 이것이 문희가 선택한 최후의 선택이다. 이 극단의 처방엔 부작용이 작용하는데, 시간이 지남에 따라 삭제의 기능은 발달하고 기억의 기능은 저하된다는 것이다.

그래서인지는 알 수 없지만 문희는 암기에는 젬병이다.

엄마의 페르소나

엄마는 체면을 차려가며 동네 여자들에게 좋은 인상을 주기 위해 노력하는 듯 했다. 이것은 엄마에겐 중요한 일 같다. 그 무엇보다 체면과 위신이 바로서야 했고 그것이 엄마가 선택한 보호 장비였다. 이런 엄마가 평생에 흠이 되는 일을 결심하기란 쉽지 않았을 것이다.

지금 엄마는 그 흠을 가지고서라도 용기를 내어 자신에게 연결된 끈을 자르려 한다.

엄마의 자유를 위해. 엄마의 행복을 위해. 무엇보다 엄마 자신을 위해 이혼을 결심한다.

칼부림과 협박, 외도, 자살소동, 헌담, 학대, 동네 남자들과의 싸움질, 흥건한 피로 얼룩진 안방, 여기저기 움푹움푹 패인 집안의 문짝들, 너덜너덜한 엄마와 아비의 옷, 지치고 신물 나는 전장의 흔적들이다.

"지긋지긋해, 사라지고 싶어, 행복해지고 싶어, 무엇보다 자유로워지고 싶어."

문희는 엄마의 이런 말들이 무슨 뜻인지 정확히 알 수 없다. 그러나 독백처럼 내뱉어지는 엄마의 말에서 문희는 강한 의지 같은 것을 느낀다.

힘든 용기를 낸 것 치고는 이혼은 너무나 쉽게 이루어졌다.

아비에겐 이미 다른 여자가 있었다. 아비에게 여자가 한 둘이었겠냐마는 이번 여자와는 꽤 심각한 사이였던 것 같다. 이혼에 아무런 요구조건도 없이 응해주었으니 분명 그랬을 것이다. 아비는 양육권을 요구하는 엄마에게 순순히 문희와 오빠를 내어주며 두 번 다시 볼 수 없다는 각서에 도장을 찍었다. 게다가 이 집을 떠날 때는 뒤도 돌아보지 않았다. 그렇게 떠나는 아비에게 문희는 안도의 한숨을 내 쉴 뿐이었다. 오빠는 문희와 다른 감정을 느끼는 듯했는데, 그는 아비의 빈자리에서 오는 상실감과 허탈감으로 힘들어했던 것 같다.

그날 밤, 평온하지만 어색한, 조용하지만 분한, 평화롭지만 역정적인, 생기를 북돋우는 광기의 폭풍 같은 밤. 엄마는 울음을 터트렸다. 한없이……

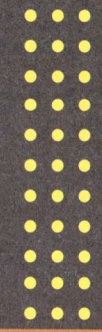

3부 생각

악몽일기

서늘한 안개, 기분 좋은 공기, 부드럽게 뺨을 어루만지는 10월의 새침한
바람.

거슴츠레한 눈을 비비며 뻣뻣이 구겨진 허리를 펴 '하암하암' 상쾌한 공
기를 들이마신다. 뭉게뭉게 솜사탕 같은 여린 구름은 곱디고운 아기의
볼을 연상시키며 작은 마을을 둘러 띠를 이룬다.
괴로움과 절망 따윈 애당초 세상에 존재하지 않았다는 듯 하늘은, 공기
는, 마을은, 진정으로 투명한 생기와 풍요로움으로 충만하다.
그렇기에 오늘의 악랄하고 잔혹한 그림자는 더욱 짙고 명확하게 문희의
가슴 속에 새겨졌다.

기분 좋게 화창한 금요일. 원만한 학교생활을 마치고 집을 향해 서둘러
발을 놀려 산 밑에 이르렀다.
오늘은 엄마에게 수업료를 낼 수 있는지 꼭 확답을 듣고 싶다. 석 달이나
밀린 등록금이 학교생활을 적잖게 위협하며 엄마와 문희와 그리고 오빠
에게 감당하기 힘든 고통을 안겨주고 있다.
이제 얼마 지나지 않아 문희와 오빠는 정학을 당할 것이다.

잰걸음으로 산을 오르려는데 멀리서 봉고차 한 대가 빵빵 경적소리를 울리며 세운다.

'차를 가지고 날 부를 사람이 없다' 무시하고 산을 오른다.

'누구든 나와는 상관없는 사람이 분명할 것이다.' 열심히 집을 향해 헐떡헐떡 오르는데 거친 손이 우악스럽게 팔을 부여잡는다.

"악, 누구세요?"

사내는 대답 대신 모자를 벗어 얼굴을 보여준다.

'아비다' 엄마와 이혼 이후 한 번도 집을 찾아오지 않았던 피도 눈물도 없는 그 인간이다. 검은 모자에 검은 점퍼, 심하게 헐어 반들반들 윤이 나는 물 빠진 청바지, 검은 운동화, 딱 뉴스에 나오는 살인사건의 용의자 같은 모습이다.

"어……. 아빠?"

"따라와."

"어…… 어딜? 나 집에 가야 해."

"따라와."

이 남잔 아비의 부성애 따윈 애당초 가지고 있지도 않았다. 그렇기에 이렇게 무지막지하게 잡아 그의 차로 질질 끌고 가는 것이다.

험악하게 끌려 올라탄 차 안은 몇 명의 건장한 사내와 오빠가 동승해 있다. 오빠를 제외한 사내들은 흥분한 상태다. 왜 이들이 이렇게 흥분한 미친개처럼 침을 흘리는지 알 수 없어 더욱 두렵고 소름끼치는 차 안이다.

봉고차는 한참을 달려 외딴 산길로 흘러들어 조그만 집 앞에 멈춰 섰다.
몹시 낡고 지저분해 사람보단 귀신이 나올 것 같은 요상한 분위기의 음침한 집이다.

이들은 문희를 태울 때와 마찬가지로 거칠게 차 밖으로 내동댕이쳤다.

'내가 이들에게 무슨 잘못이라도 한 것인가?'

당최 알 수 없는 이들의 광적인 행동은 오줌을 지릴 정도로 무섭다.

뾰족한 돌멩이가 깔린 마당에 고꾸라진 문희는 아까와 마찬가지로 질질
끌려 집안으로 들어갔다.

거기에 아비의 동거녀가 있었다. 이혼 당시 아비는 바로 이 여자와 바람
이 났었다. 여잔 작은 입술에 작은 눈을 가지고 새치름한 표정으로 문희
를 바라본다.

"얘야? 그년 딸내미가?"

아비란 남자는 그렇다는 듯 고개를 끄덕이며 문희 앞으로 긴 장대 하나
를 위협하듯 내려놓는다. 오빤 구석에서 고개를 숙인 채 이쪽으로 눈길
도 주지 않는다.

놈이, 이제부터 아비를 놈이라 하겠다. 독사 같은 눈알을 번득이며 묻는다.

"너 엄마랑 살 거야? 아빠랑 살 거야?"

무슨 뚱딴지같은 소리인지. 한 번도 자식이 그립다고 찾아온 적도 없는 사람이다.

갑자기 이러는 이유를 문희는 알 수가 없다.

"빨리 말해?"

"엄마한텐 갈래요. 전화하게 해주세요."

짝! 말이 끝나기가 무섭게 날라 온 놈의 손이다. 한 치의 망설임도 없이 강렬한 증오를 담아 오른 따귀다. 눈물이 핑 돈다. 너무 놀라 벌려진 입에선 한 줄기 피가 흐른다.

오빠 아직도 이쪽을 외면하고 있다.

"네 어미가 너들 수업료도 못 내서 정학 당하게 생겼다면서? 그렇게 무능한 어미가 좋냐?"

놈의 계집이 지껄인다.

"네 오빠가 어제 전화했더라. 수업료를 못 내게 생겼으니 좀 도와달라고. 그래서 우리가 도와주려고 이렇게 너희들을 데리고 온 거야."

년은 자신들이 무슨 대단한 존재라도 되는 양 까불고 있다.

"엄마에게 갈래요. 가게 해주세요."

엄마가 간절히 보고 싶었기에 망설임 없이 말했다.

"이년이 아직도 정신을 못 차렸네. 네 어미는 이제 너희 키울 능력도 없는 사람이야. 여기서 우리가 먹여주고 재워주고 학교도 보내준다니깐. 여기 이 사람들한테 네 어미는 무능한 인간이라고 한마디만 해. 그럼 학비도 내주고 한다니깐."

아깐 너무 정신이 없어 주위를 둘러보지 못했다. 지금 둘러보니 열댓 명의 사람들이 모여 있다. 이곳에서도 놈은 사이비교주 역할을 톡톡히 하고 있었던 게 틀림없다. 모인 사람들의 눈빛과 분위기는 괴기스럽고 반쯤 정신이 나간 듯 광기에 휩싸여 있다.

이들의 뒤틀린 광기가 엄마에 대한 앙갚음이라는 것을 금세 알 수 있었다. 아비는 문희들에게 학비는 물론 밥풀 한 톨도 주지 않을 것이다. 단지 엄청난 복수극을 잔인하게 실행하며, 상스럽고 천박한 욕을 퍼부으며 음흉한 미소만을 날릴 것이다.

역겨움에 매스껍다.

문희는 신발도 신지 않은 채 밖으로 뛰쳐나가 산길을 내달렸다. 칠흑같이 깜깜한 산길은 끝도 없이 이어져 있어 마을은 조금도 나타날 기미를 보이지 않는다. 골을 타고 불어온 메마른 바람이 말라비틀어진 나뭇잎 부스러기들을 날리며 시야를 가린다.

뻐꾸기조차 울지 않는 기분 나쁜 밤길.

무서운 어둠과 예측조차 할 수 없는 좁은 길은, 갑자기 끊기는가 싶으면 나타나고를 반복하며 공포로 창백해진 머리를 더욱 혼란스럽게 했다. 무섭고 놀란 마음이 진정되기도 전에 아까 그 봉고차가 다가온다.

'도망가야 해. 잡히면 죽을 거야.'

문희의 이런 기대는 산산이 부서지고 차 안에 처박혀 미친 듯이 도망쳤던 그 집 앞에 내려졌다.

놈은 문희가 내려서자마자 목덜미를 부여잡고 발이 덜렁 들릴 정도로
쳐들곤 사정없이 얼굴을 강타한다.

몇 대를 맞았는지는 기억나지 않는다. 눈과 입에서 차가운 것이 흐른 것
만이 느껴질 뿐이다. 그리고 문희는 지금 오줌을 지리고 있는 것이 분명
하다.

모든 것이 순식간에 일어났으며 태어나 첨으로 맛보는 극심한 공포다.
아비라는 자가 이렇게까지 무서운 놈이었다는 게 믿겨지지 않는다. 놈
은 미쳤다.

오빠 무차별 주먹세례를 받고 바닥에 풀썩 쓰러진 문희에게 한참이 지
난 후에서야 다가온다.

"엄마에게 전화했어. 너 데리고 가라고."

문희는 오빠의 얼굴을 보지 않았다. 그도 지금은 미쳐 있으니깐. 모두 다
똑같은 인간들이니깐. 지금은 자상한 하나뿐인 오빠가 아니니깐.

'내가 알던 오빠라면 이렇게까지 날 내버려 두진 않았을 거야.'

이런 마음을 눈치챘을까? 그는 미친 듯이 소나무를 향해 주먹질을 해댄
다. 몇 초도 안 되어 오빠의 손은 엉망이 되었다.

문희는 그 나머지 시간이 어떻게 지나갔는지 기억나지 않는다. 단지 다
음 날, 오후가 되어서야 엄마가 마을 사람들을 대동해 왔다는 것, 문희
와 오빠를 데리고 집으로 왔다는 것, 언제 모여들었는지 집안을 가득 채
운 사람들에게 몰골을 보여주며 놈의 실상을 낱낱이 폭로하게 하는 것
으로 마무리 됐다는 것 정도다.

문희가 어떤 기분인지, 얼마나 무서웠는지, 얼마나 엄마를 간절히 기다렸는지는 생각하지도 않는 듯 몇 시간이고 사람들 앞에서 놈에게서 받은 잔인한 폭력만을 내뱉게 했다. 문희는 쉬고 싶었고, 누구와도 말하고 싶지 않았으며, 어디든 숨을 수 있는 곳으로 숨어들고 싶었다.

지린 오줌과 피로 얼룩진 옷을 갈아입지도 못한 채 문희는 몇 시간이고 사람들 앞에 세워져 창피를 당해야만 했다.

엄만 지금 놈과 하나도 다를 게 없는 모습으로 문희를 상처 주고 있다.

지금의 그녀는 일탈된 증오로 복수심이란 악마의 속삭임에 사로잡혀 있다.

문희와 엄마와 오빠와 놈은, 부서져가는 자신의 둥지 앞에 한 여름 뜨거운 태양처럼 고집을 피우며 그렇게 서있다.

내가 악몽을 두려워했다면 지금의 난 없었을 것이다.

난 더 이상 꿈을 꿀 수 없었을 테니깐.

어두운 마음에 밖으로 나와 하늘을 보니……

하늘은 너무도 푸르게, 눈부시게 아름다웠다.

나의 절망과는 상관없이,

나의 좌절과는 상관없이,

모든 것을 놓아 버리고 싶은 절박함과는 상관없이,

하늘은 보석처럼 너무도 아름답게 빛나고 있었다.

절망의 끝에서 하늘을 보니, 빌어먹을,

눈부시게 아름다운 하늘이라니.

생각해 보니 하늘은, 계절은, 어느 한 순간도 무표정하지 않았다.

순간의 감정을 100% 보여주고 있었다. 언제나 최선을 다한 것이다.

모든 순간에……

아! 이것이다.
초죽음이 된 마음 앞에서 곧 굳센 마음이 앞선다.
삶도 계절처럼 한 순간도 무표정할 수 없다.
꿈꾸는 자는 악몽도 두려워하지 않아.
아무리 어리석은 전쟁을 계속한다 해도,
자신을 포기하지 않는 이상 무너지지 않아.
그렇기에 난 쓰러지지 않아.

엄마의 결심

10월의 셋째 주. 같은 집, 다른 공기. 소박한 희망, 새로운 시작. 이들의 생활은 문희의 납치 사건 이후 엄마가 걱정하는 것보다 순조로웠다.
길에서 우연히 마주치는 사람들도 자연스런 시선을 던진다. 굳이 흉을 보려는 사람도 있지만 그다지 신경 쓰지 않는다.
문희네는 낯선 땅에 막 내려앉은 것이다. 모범적 삶은 살진 못했지만 그래도 새롭게 시작할 준비는 되어 있다.
적어도 문희는 그렇게 생각한다.

이혼 후 엄만 분주히 여기저기 다니는 일이 많아졌다. 때때로 일찍 들어오는 날도 있었지만 엄마의 입은 굳게 다물어져 좀처럼 열리지 않았고, 그런 상태는 생각보다 오래갔다. 문희와 오빠는 그것이 무엇 때문인지 몰랐고 단지 불안한 마음으로 지켜만 볼 뿐이었다.

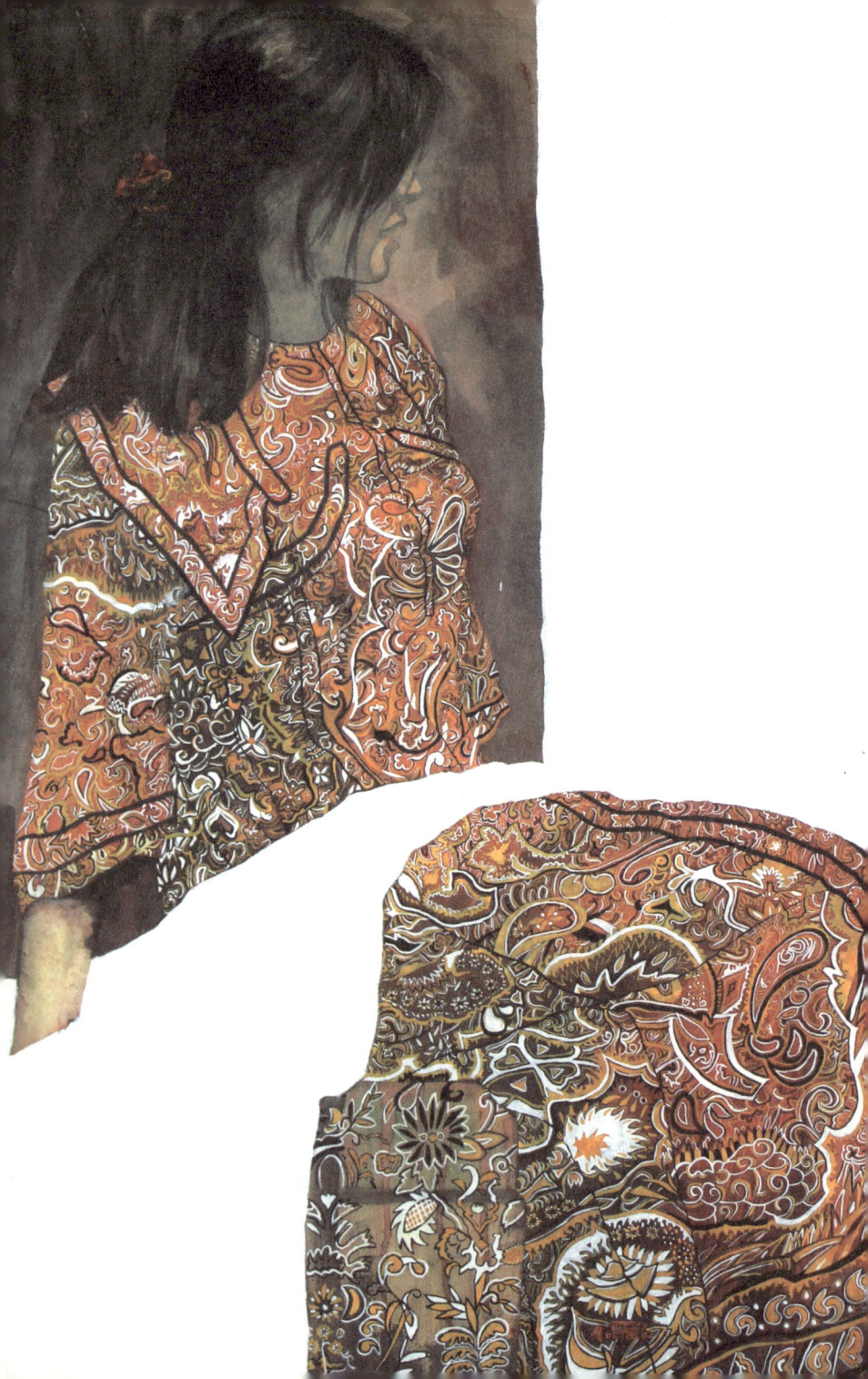

그러던 어느 날. 그녀는 등교하는 자식들을 배웅하며 깊은 생각에 빠져
든다.

엄숙한 고요함이 그녀를 뒤덮는다. 등 뒤에 덧붙여진 짐들이 새삼스럽게
무거워진다.

핏줄로 얽혀 목구멍을 틀어막고 있는 것 같다. 의무에서 오는 어처구니
없는 갈등.

"내가 지금 무슨 생각들을 하고 있는 거야……. 세상에."

망측한 감정들. 악랄한 감정들에 고개를 크게 흔들며 큰 숨을 들이쉰다.
그래도 사라지지 않는 무게. 고개가 절로 땅으로 떨어뜨리어 진다.

문희는 여느 때와 마찬가지로 도시락 가방을 흔들며 집으로 돌아왔다. 오빠는 아직 오지 않은 모양이다. 책가방을 벗어 도시락을 씻기 위해 부엌으로 가니 엄마가 요란스럽게 저녁을 준비하고 있다.

좀처럼 신경 쓰지 않던 저녁상이다. 그런 그녀가 이렇게나 많은 음식을 준비하는 것이 왠지 어색해 기쁨보단 막연한 불안함에 초조해진다.

"엄마! 뭐해?"

"저녁밥 하잖아. 일찍 왔으면 손 씻고 저녁상 차리는 것 좀 도와."

"어……. 어……. 근데 무슨 날이야? 왜 이렇게 반찬이 많아?"

"그냥. 요즘 니들 밥 한번 제대로 못 해준 것 같아서. 왜 싫어?"

"아니. 좋아."

"얼른 손 씻고 이것 좀 도와줘"

저녁은 그 어느 때보다 풍성하고 근사했다.

문희와 오빠가 밥상에 코를 박고 밥을 정신없이 먹고 있을 때, 엄만 먹던 숟가락을 내려놓으며 힘겹게 입을 열었다.

"밥 다 먹었어? 엄마가 너희에게 할 말이 있어."

쿵. 심장 떨어지는 소리다. '무슨 말을 하려는 것일까?' 두렵다.

"엄마가 서울 가서 공부를 하려고 하는데 한 2년 정도 걸릴 거야. 너희는 서울 외할머니가 오셔서 돌봐 줄 거야. 엄마 없이도 잘 지낼 수 있지?"

'이게 무슨 소리야? 공부라니? 우리는? 2년 동안? 버려지는 거야?'

"엄마 공부는 왜 하는데?"

"왜 하다니 필요하니깐 하지. 엄만 공부를 하고 와서 너희를 돌보며 살 거야. 엄마 말 알겠지?"

'아니 하나도 모르겠다.' 하지만 엄마가 그렇게 해야 한다면 따라야 한다. 문희와 오빠에게 선택권은 없다.

오빠도 충격을 받았음인지 아니면 화가 나서인지 그의 얼굴은 심하게 구겨진 울상이 되어 있었다.

그리고 일주일 후, 엄만 울며불며 매달리는 문희와 오빠를 매몰차게 뿌리치며 서울행 버스에 몸을 실었다.

엄마의 부재

엄마가 공부를 위해 집을 떠난 지 2달이 되어간다. 조금씩 자신들만의 생활에 익숙해지면서 마음에 여유도 생겨 이젠 제법 능숙하게 집안일을 해낼 수 있다.
처음 둘만 덩그러니 남겨졌던 일주일이 생각난다.
불 꺼진 밤, 뒷산 부엉이 울음소리에 놀라 눈물을 훔치고 이른 아침, 썰렁한 이불때기 끌어안고 그리움에 몸서리쳤던 일, 아직도 생생하다.

문희에게 시간은 공포요.
문희에게 공간은 그리움이요.
문희에게 그리움은 사랑이다.

이주일 후, 엄마의 부탁을 받은 외할머니가 도착했다. 아이들을 돌보기 위해 서울에서 내려온 그녀는 피붙이인 네 살배기 손자 놈과 함께 왔다. 이놈은 누굴 닮았는지 성질이 포악했고 떼를 쓰기 시작하면 좀처럼 그칠 줄 몰랐다. 이런 놈은 살아생전 첨 본다.
그녀는 엄마에게 문희들을 돌보는 조건으로 돈을 요구하였고 엄만 그에 응했다.

그러나 돈은 돈일 뿐이다. 실상은 매우 열악했다. 그녀는 옷을 빨아 주지도 도시락을 싸주지도 않았다. 외할머니는 하루 종일 놀고 먹었다.

그녀가 유일하게 신경 쓰는 것은 네 살배기 손자 놈뿐이다.

이놈 하는 짓이 정말 볼만한데 어쩌다 밥을 먹을라치면 얼른 밥상 위에 올라 오줌을 갈기는 그런 놈이다. 문희는 정말 이놈이 싫다.

아! 불쌍한 두 사람은 이렇게 어린놈에게까지 학대받고 있다.

오빠 생각 외로 할머니와 잘 지냈는데 이유는 그녀가 오빠에게 만큼은 잘 대해주었기 때문이다. 아무리 그녀의 출신이 미덥지 못해도 조선의 여자요, 남존여비가 뼛속까지 들어찬 어쩔 수 없는 조선의 어머니인 것이다. 그녀에게 사람은 남자요, 아들이요, 손자 놈인 것이다.

이들의 부적절한 관습과 습관의 대물림은 이렇듯 무서운 것이다. 적어도 문희에게는 탐탁지 않은 것이었고 따르고 싶지 않은 나쁜 것이었다.

엄마의 부재는 이렇듯 생활의 빈약함과 함께 마음의 빈약함까지 남겨주었다.

그리하여 문희는 호적상 외할머니란 짐 보따리를 안고 엄마를 그리워하며 비참한 현실을 얼굴에 뒤집어쓰고 잠시 목 놓아 울 수밖에 없었다.

소중한 목적

엄마는 초등학교를 졸업하지 못했다. 과거엔 늘 그랬듯, 아들이 우선이었고 딸들은 자신들의 의지와는 상관없이 집안의 부엌데기로 일꾼으로 그들의 어미를 도와 집안일에 쓰일 뿐, 학교를 다니며 공부를 한다는 것은 쉽게 용납되는 것이 아니었다. 일상에 필요한 지식은 그녀들의 부모와 시장통의 사람들에게서 배우면 되는 것이었다.

그녀들에게 글은 머리에 똥만 채우는 허영의 산물이며 불손한 마음만 키우는 적당치 못한 불경스런 것일 뿐이다. 이것이 그녀들의 현실이다.

그들의 부모와 형제, 이웃이 그것을 강요했다. 집에서 살림이나 하라 했다. 커서 시집이나 잘 가라 했다. 결혼해서 아들만 잘 낳으라 했다. 그러면 된다 했다.

문희의 엄마도 그랬다. 그랬기에 그녀는 나이 서른이 되어서도 글을 알지 못했다.

그녀는 자신의 새로운 첫 시작을, 그동안 절대로 배울 수 없을 것이라 생각했던 공부를 시작하기로 했다.

이 나라의 글을, 역사를, 하나 둘 셋 넷을 셀 수 있는 주판과 숫자들을.

그녀가 외할머니에게 문희와 오빠를 맡기고 서울에 올라간 지도 두 달이 되어갔다. 처음 그곳에 도착했을 때의 어벙벙하고 어색한 느낌은 모두 사라지고, 이젠 익숙함이란 편안함으로 일상의 생활을 영위하고 있다.

그녀는 지금 어느 야학당의 야간수업을 받고 있다. 생각보다 머리가 좋
아서 한글과 역사, 숫자와 주산의 이치를 빨리 터득하여 우등생이 되었
다. 선생들은 그녀를 좋아했는데, 반듯하고 성실한 열정의 모습에 매료
되었기 때문이다.

나이와는 상관없이 최선은, 발전은, 용기는, 당당함은 그것을 지켜보는
모든 이들에게 감동을 주었다.

그녀는 어려서 선생님이 되고 싶었다. 공부에 대한 열망이 컸고 학교에 대한 선망도 있었다.

어려서 하지 못한 열망과 선망을 이제 이곳 작은 야학당을 통해 펼치려는 것이다.

이것이 하루하루가 새삼스럽게 즐거운 이유다.

야학당은 영등포 작은 골목에 위치한 3층 건물이다. 작은 방을 교실로 개조해 조금 어수선하지만 학생들과 선생들은 크게 개의치 않았다. 야학당의 학생 수는 엄마를 포함해 21명이다. 중년의 여자부터 청소년들까지 그 나이와 성별은 다양하다. 또한 직업도 다양하다.

이 중에서도 제일 특이한 직업을 가진 학생은 27살의 키가 훤칠하고 조금은 ET처럼 생긴 총각이다. 이름은 이갑돌이라 했는데 그의 부모는 지성과 담쌓은, 종일 먹을 걸 걱정하며 일만 했을 것이 분명하다. 그렇지 않았다면 자신의 사랑스런 아들에게 이와 같은 이름은 짓지 않았을 것이다.

본론으로 들어가자면 그는 전기수(책 읽어 주는 사람)이다. 좀 우울해 보이는 외모와 달리 경쾌한 목소리와 유쾌한 유머가 가득 찬 젊은이다. 수업이 시작되기 전 꼭 10분씩 이야기책을 읽어 주는데 정말 흥미진진하고 재미있다. 그는 야학당뿐 아니라 마을에 글을 모르는 어르신이나 아이들에게도 책을 읽어 준다. 그런 면에서 그는 야학당의 학생으로 있는 것보단 선생이 더 낫겠다 생각한다. 엄만 그렇게 생각했다.

그 사람의 말을 빌리자면 자신이 책을 읽어 주기 시작하면 사람들은 어디서 구했는지 무 하나씩을 씻어 입에 물고 또는 숟가락으로 긁어가며 열댓 명 정도 되는 사람들이 둥그렇게 모여 앉아 조용히, 가끔은 "아이고"하며 이야기를 듣는다고 했다. 그는 이런 진지한 사람들의 눈빛이 좋아서 계속 이 일을 한다 했다.

엄만 이 남자 때문만은 아니지만 그래도 영향을 받은 듯 자신의 앞날에 대해 진지하게 생각해 본다.

첨엔 단지 글을 배우기 위해, 좀 더 나은 삶을 살기 위해 이곳을 찾았지만, 그것이 다가 아니라는 것을 알게 되었다.

그날 밤 밀려오는 잠을 뒤로 미루고 엄만 큰 결심을 했다. 엄만 지금의 절에 이사 왔을 때를 생각한다.

그때 자신이 꿈에서 보았던 4명의 덩치 큰 선비를 기억한다. 그들이 선택하여 큰절을 한 사람은 아비가 아닌 엄마였다. 절의 주인이 될 것임을 미리 알고 인사를 드린 것이리라.

엄만 그렇게 믿기로 했다. 또한 두 아이를 돌봐야 한다는 사실을 잊지 않았고 그러기 위해서 절을 꾸려나가야 한다는 사실을 인정하기로 했다.

"망설이지 말자. 당장 절에 들어가자."

다음날 이른 아침부터 수소문을 해서 찾은 곳은 서울 성북구에 위치한 태고사란 사찰이었다. 이곳은 스님이 갖추어야 할 모든 것들을 가르치며 스님 육성을 목적으로 하는 사찰이었다.

이곳에서 배운 것들은 바라춤, 범패, 나비춤, 갖가지 기도문, 서예, 절하는 방법, 제를 지내는 방법, 걸음걸이, 식사 방법, 승복 개는 방법 등등, 수없이 많은 생소한 것들과 너무도 경건한 법식의 무거움 같은 것들이었다.

처음 큰 스님을 보자마자 엄마가 한 말은 "전 스님이 되어야 합니다. 스님으로 받아주세요."였다. 이 말을 건네는 엄마의 눈빛은 누가 봐도 소름이 돋을 만큼 강렬한 것이어서 큰 스님은 헛웃음이 나왔다고 한다.

"왜 스님이 되려 하시오. 아이도 있을 법한데 가정에서 살림이나 하고 아이들이나 키우면서 다복하게 살 것이지. 이 어려운 고행의 길을 자초하는 이유가 뭐 있소."

"아니요. 아니요. 전 스님이 되어야 합니다. 전 살아야겠습니다. 살고 싶습니다. 그러기 위해서 여기에 온 것입니다. 제발 절 받아 주세요."

"어허. 이 사람아. '이 길이 그렇게 아무렇게 들어와서 나 하고 싶으니 하게 해주소.'하는 그런 쉬운 길이 아니야. 지금까지 보살이 살고 온 시간들 보다 몇 배는 힘들고 혹독한 시간들만이 남아 있다고. 그래도 스님이 되고 싶어. 그렇소?"

"네. 되고 싶어요. 더 이상 겁주지 마세요. 전 진심이며, 각오하고 있습니다."

큰 스님은 겁 없는 엄마의 눈을 한참이나 바라보고선 대답했다.

"알았네. 받아 주지."

이렇게 큰 스님의 허락을 받고 절로 들어간 엄만 일주일을 꼬박 절만 했다. 여기서 견디지 못하면 일찍이 포기하고 나가란 뜻이었을 것이다. 그러나 여기서도 드러난 독종 같은 기질은 빛을 발했는데 엄만 절을 하다 쓰러지는 일은 있었어도 스스로 멈춰 일어선 적이 없었고, 절하는 중엔 물도 마시지 않고 화장실도 다녀오지 않았다. 보는 사람들은 그저 팔다리에 돋는 소름으로 놀라움을 인식할 따름이었다.

그렇게 일주일이 지나고 드디어 다른 스님들과 함께 방을 쓰며 본격적인 불도의 길을 들어가게 되었다.

엄마의 엉덩이는 각진 사각형인데 그 이유는 이 시절 너무 열심히 기도를 드린 탓으로 앉아 있는 시간이 하루 꼬박 14시간은 족히 되었기 때문이다. 엄만 운동할 시간도 없이 하루 종일 법당에 처박혀 자신이 깨쳐야 할 모든 것들을 속독으로 마치길 바랐다. 단축된 만큼 집으로의 거리는 좁혀지는 것이니깐.

초창기의 엄만 염불을 외다가도 울고, 춤을 추다가도 울고, 삼천배를 올리다가도 울고, 그렇게 울기만 했다. 큰 스님은 이렇게 울기만 하는 여자가 어떻게 어려운 스님의 길을 걸어갈까 노심 걱정스러웠다. 그러나 엄만 울면서도 자신이 감당해야 할 모든 과제를 무리 없이 수행해 나갔는데 이런 모습은 그곳에 들어온 다른 비구니들에게 많은 귀감이 되었다.

스님도 사람인즉슨 어디 마음처럼 자신의 트라우마와 같은 큰 고통을 쉽게 잊을 수 있겠는가. 단지 기억 저편으로 밀어내 버린 것이지. 그런 그들이 고통에 절규하면서도 오기로 스님의 길에 매달리는 엄마의 모습이 어찌 남 일처럼 느껴졌겠는가?

그리고 드디어 모든 수행과정을 마치고 스님으로서의 새로운 이름을 받는 날, 엄마의 왼쪽 팔엔 향이 피워졌다.

향은 짙은 연기를 피워 올리며 살을 태워 들어갔다. 고통에 눈물이 흐르고 온몸이 부들부들 떨렸지만 엄만 끝까지 소리 내어 울지 않았다. 이제 엄만 엄마가 아닌 '자현스님'이 된 것이다.

새로운 이름으로 시작하는 그녀의 삶은 소중한 목적이란 이름으로 다시 태어났다.

그녀의 삶은 순간순간의 선택으로 이루어진다.

그렇지만 이제 그녀의 선택들은, 신중해질 것이다.

진지해질 것이다. 특별해질 것이다.

이것이 그녀가 선택한 소중한 목적이므로.

이제 그녀는 새롭게 태어난, 새로운 사람이 될 것이다.

적어도 지금으로선 그것이 확실해 보인다.

우리들의 어느 날

8월의 밤답게 습한 더위가 끈적끈적하게 엄습해 올 무렵 모기들은 집요한 독함을 증명하듯 옷 속을 파고들어 팔과 다리, 얼굴을 마구잡이로 물어뜯고 있다. 지독히 고약한 흡혈귀들이다. 더욱이 집에 전기가 들어오지 않아 상황은 더욱 난처하다. 할머니가 그녀의 집안일로 서울에 올라간 뒤로 전기료가 지급되지 않아 끊긴 것이다.

문희들은 한 달째 칠흑 같은 어둠 속에 살고 있다. 그나마 작은 초들을 구했기에 한 줄기 빛은 얻을 수 있었다. 어린 이들에게 이와 같은 상황은 절대로 좋다고 말할 수 없다. 극성맞은 모기떼와 씨름하기에도 좋지 않은 상황인 것이다. 솔직히 말하자면 첨엔 멋모르고 신나기도 했었다.
이때까지 두 사람은 전기가 나가면 전화도 함께 불통이 되는 줄 알았다. 수화기를 한 번만 들어봤어도 상황은 달라졌을 것이다.
전기가 나갔을 때 오빠와 문희는 어두운 산길을 달려 동네 구멍가게에 있는 공중전화 부스를 찾았다. 그렇지만 수중에 있는 돈이라고는 10원이 전부였다.
결국 전화번호 한번 눌러보지도 못하고 집으로 발길을 돌려야 했다.

그러다 보니 낮 시간에 땅을 보며 걷는 일이 많아졌다. 혹여 길바닥에 떨어진 동전이 있지나 않을까 해서다. 운이 좋다면 전화를 걸 정도의 돈을 주울지도 모른다.

학교에서 집으로 돌아오는 길, 늘 하던 대로 땅에 눈을 박아 걷고 있는데 문희는 복권이라도 당첨된 듯 행복함을 느껴야만 했다. 무려 천 원짜리 지폐 한 장이 발밑으로 굴러 들어온 것이다. 얼른 고개를 들고 주위를 둘러본다. 그리고 떨리는 손에 쥐어진 돈을 주머니에 쑤셔 넣고 뜀박질을 한다. 가슴이 쿵쾅거린다.

주운 사람이 임자라는 말도 있지만 천 원짜리는 웬만한 간덩이가 아니면 쉽게 나 몰라라 챙길 수 있는 금액이 아니다.

이런 생각들에도 양심은 고개를 숙였고, 현실이 고개를 들었다. 문희들에겐 엄마가 간절히 필요했고 또한 먹을거리도 필요했다. 이날 저녁 오빠와 문희는 엄마에게 전화를 걸었다.

"여보세요. 저, 거기에 희섭이 엄마 계십니까?"

"그래. 있구나. 바꿔주리. 누구니? 아들이야?"

"네. 엄마를 부탁합니다."

멀리서 엄마를 부르는 소리가 들리고 곧이어 그리웠던 엄마의 목소리가 흘러나온다.

"여보세요. 희섭이니?"

"엄마!"

오빠 순간 울컥했는지 아니면 목이 메어서인지 더 이상 말을 하지 못했다.

"내가 받을게."

"엄마 나야. 문희."

"그래 문희야. 무슨 일이야? 집에 무슨 일 있어?"

"그런 건 아닌데 집에 전기가 나갔어."

"뭐. 전기가 나가? 집에 할머니 없어? 그 할망구는 뭐하는 거야?"

"할머니는 서울 집에 올라갔어. 집에 일이 있다고……. 조만간 오시겠지."

"뭐? 집엘 올라가? 왜? 엄마한테는 전화 한 통 없었는데. 언제 올라갔는데?"

"두 달쯤 됐어."

"두 달씩이나 됐어? 이런. 그래서 너희 둘이서만 집에 있는 거야? 이런 망할 여자 같으니라고!"

"알았다. 전화 끊어."

"엄마! 지금 오는 거야?"

"그래. 지금 내려갈게. 늦게 도착할 테니깐. 먼저들 자고 있어. 이런 세상에나!"

"엄마 집에 올 때까지 안 자고 있을 거야. 빨리 와!"

엄만 몹시 화가 난 듯했다. 오빠는 아직도 목이 메인지 아무 말이 없다. 엄마가 집에 온다는 사실에 오빠와 문희는 잠을 이루지 못했다.

곧 자정이다.

엄마의 등장

먹물 같은 짙은 어둠 속에서 문희와 오빠는 반 토막 난 초를 하나 켜놓고 기도 중이다.

가장 소중한 한 사람을 빨리 보게 해 달라고.

이제 곧 엄마가 올 것이다.

그녀는 곧 도착할 것이다.

이들의 바람대로 그녀는 모습을 드러냈다. 그러나 그 모습은 너무도 색달라 기쁜 와중에서도 당혹감을 안겨주었다.

엄만 스님이 되어 있었다. 얼굴은 백색 밀가루처럼 핏기가 없이 하얗고, 살은 언제 그렇게 쪘는지 엉덩이와 허리가 빵빵했다. 그런 엄마가 땀을 뚝뚝 떨어뜨리며 양손 가득 제과점 빵과 우유를 사들고서 그렇게 서 있었다.

양말조차 신지 못한 맨발로 서로 색이 다른 짝짝이 고무신을 신고선. 얼마나 급했기에…….

엄마는 신발조차 제대로 찾아 신을 수 없을 정도로 놀라고 황급했던 것이다. 그러나 문희와 오빠는 곧 그런 하찮은 것에 신경 쓰지 않기로 했다. 결코, 중요한 것이 아니었다. 이들에겐.

오빠와 문희는 너무도 기쁜 마음에 눈물을 쏟으며 엄마에게 달려가 한 번도 하지 않았던 포옹과 뽀뽀 세례를 퍼부었다. 엄마 또한 당연한 듯 이들의 뽀뽀와 거친 포옹을 있는 힘껏 받아 주었다.

'그립고, 그립고 또 그리운 엄마!'

문희와 오빠와 엄마는 이산가족 상봉이라도 하는 양 한참을 그렇게 서로를 끌어안고 울고 또 울었다. 어느 정도 감정이 추슬러지자 엄만 가지고 온 손전등과 양초 한 다발을 여기저기 켜놓기 시작했다. 그리고 문희들에게 급한 대로 제과점에서 사온 빵과 우유를 먹였다.

그녀에겐 자식의 배고픔이 가장 신경 쓰였던 것이다. 그렇지 않았다면 두 손 가득 빵과 우유를 사들고 오진 않았을 것이다.

사실 문희와 오빠는 영양부족과 어두운 밤의 공포로 좀 말라있었다. 집 안에 먹을 거라곤 쌀통에 들어 있는 몇 공기의 쌀이 전부였으니 영양실조는 당연한 결과라 할 수 있겠다. 이렇게 문희들은 빵과 우유로 배를 채우고 또한 엄마의 따스한 사랑을 가슴 한가득 품고 잠들었다.

다음날 알게 된 사실은 엄마가 불교대학을 들어갔다는 것과 정식으로 법명을 받고 스님이 되었다는 것이었다. 어차피 이 절은 엄마의 것이니 스님이 되는 것은 당연한 일이라 했다. 어느 정도 이야기가 마무리 되자 엄만 밀린 빨래들을 빨아 널고, 더럽게 먼지가 탄 가구와 방바닥을 쓸고 닦았다. 그리고 그동안 너무도 그리웠던 엄마의 손맛이 담긴 밥을 지어 주었다. 아무리 문희가 그동안 집안일을 깔끔하게 했다고 하지만 엄마가 보기엔 영 부족했을 것이다. 그리고 엄만 자신의 손으로 직접 집을, 보금자리를 다듬고 보듬고 싶었을 것이다.
일을 마친 엄만 서울 외할머니에게 전화를 걸었다. 외할머니는 엄마를 무서워하는 구석이 있다.
엄마의 출현은 문희들의 생활 패턴을 정상궤도에 올려놓았고, 외할머니를 다시 집으로 불러들였다.

집에 돌아온 외할머니는 한동안 극성스러움을 보이며 문희와 오빠를 챙겼는데 그리 오래가지는 않았다. 엄만 일주일 동안을 문희들과 함께하고 다시 공부를 위해 길을 떠났다.

생일

엄마는 이제 3년이란, 짧다면 짧고 길다고 생각하면 긴 학업의 시간을 마치고 집으로 돌아왔다.

그녀가 돌아오면 많은 것들이 바뀔 것이라 생각했지만 생활엔 큰 변화가 없다.

그래도 변한 것을 찾자면 파마머리 대신 매끈하게 머리칼을 밀어낸 엄마의 머리와 점점 네모 반듯해지는 엄마의 엉덩이, 치마와 블라우스 대신 크고 허름한 회색빛 승복이 평상복이 된 것 정도랄까. 이런 것을 뺀다면 일상의 모습은 전과 별반 달라진 것이 없다. 약간 퉁명스런 엄마가 있을 뿐이고 여전히 집에서 갖은 허드렛일을 하고 있는 문희가 있을 뿐이다.

어쨌든 그녀가 돌아왔기에 문희네는 다시 한가족이 되었다.

그토록 갈망하던 가족. 그리고 새롭게 맞이하는 문희의 탄생일.

5월 7일이다. 이상기온으로 황사가 시작되었고 날은 후덥지근하다.

저녁이 다 되어서는 후드득후드득 빗방울도 떨어진다. 집안은 힘없이 돌아가는 선풍기를 제외한다면 적막할 만큼 고요하다.

아직 밖은 훤한데 이곳은 습한 공동묘지 같은 스산함에 을씨년스럽고 암울하다.

그리고……

'아~! 오늘은 내 생일이다.' 누군가의 축하를 받고 싶었지만 안타깝게도 아무에게서도 축하 인사를 받지 못했다. 생일이라는 것이 아무것도 아닌 날을 우울하게 만든다. 오늘처럼.

생일만 아니었어도 오늘은 그저 여느 평범한 날에 불과했을 것인데, 그리고 그것으로 만족했을 것인데……

'아! 우울한 생일에 익숙해질 법도 한데 도통 마음의 서운함은 작아지지 않는구나.'

문희는 지금 몹시 외롭고 슬프다 생각한다.

'차라리 낳지나 말지…….' 도대체 이런 날들에 축하를 해주는 사람들은 어떤 사람들일까?

이렇게나 초라하게 느껴지는 문희는, 원래 이렇게 생겨먹어서인지? 아니면 상황이 이렇게 만드는 것인지? 모르겠다. 단지 확실한 것은 지금 문희는! 몹시도 가엾고 불쌍하며 초라하다는 것이다.

그리고 한 달 뒤 엄마 생일이 다가왔다. 문희는 자신의 생일을 챙겨주지 않은 엄마가 서운해 그녀의 생일은 생각하지 않으려 한다.

"내가 서운한 만큼 엄마도 서운해야 해."

"내가 아파하는 만큼 엄마도 아파해야 해."

"아무도 챙겨주지 않는 생일이 얼마나 잔인한지 엄마도 알아야 해."

그러다 생각해 본다. '엄마의 생일을 축하해본 적이 있던가? 생일상 구경이라도 해봤던가?' 없다. 문희는, 오빠는, 한 번도 엄마의 생일을 축하한 적이 없다. 사실은 얼마 전까지 그녀의 생일도 몰랐었다.

엄마는 어린 날, 그녀의 어미가 하늘나라로 떠난 이후 생일 밥을 먹어 본 적이 없다. 아비가 있었을 때도 그는 엄마의 생일을 챙기지 않았었다.

그래서 문희와 오빠는 그녀의 생일이 언제인지도 몰랐었다. 신경도 쓰지 않았었다. 단지 자신들의 생일을 차려주지 않는 그녀에게서 서운함만을 느낄 뿐이었다.

'우린 엄마에게 한없이 외롭고 슬픈 생일을 안겨준 거야. 지금껏.'

'그런 엄마가 우리들의 생일을 챙길 수 있었을까?'

자식이라 하여 내 것을 챙기지 않은 서운함만 생각했다.

'엄마도 서운했을 텐데……아팠을 텐데…….'

이번엔 문희가 엄마의 생일상을 차린다. 돼지저금통의 배를 쪼개고, 친구들에게 약간의 도움을 받아가며 생일상을 차린다. 엄만 문희의 분주함에 좀 놀라는 기색이다.

해가 저물고 산기슭에 어둠이 깔리기 시작할 무렵 문희의 호들갑스런 생일상이 완성되었다.

작은 상위엔 엉성하게 만든 잡채와 미역국, 10원짜리와 50원짜리 과자들, 그리고 커다란 초가 박힌 초코파이 탑이 채워졌다. 초에 불을 붙이고 생일 축하 노래를 부른다.

엄마는 말이 없다. 생일상 위로 시선을 고정한 채 한참을 바라만 볼 뿐이다.

또르륵. 눈물.

그녀는 울고 있다. 말없이, 조용히, 어깨를 들썩이며, 가슴 아프게…….

그렇게 울고 있다.

"고맙다……."

엄마의 한마디였다.

문희는 주머니에서 하굣길에 산 브로치를 내밀며 엄마의 가슴에 달아주었다. 비록 작은 돌 알맹이로 만든 싸구려 브로치였지만 엄만 세상 그 무엇보다 귀한 것을 받았다며 좋아했다.

백 일상 이후 처음 받아 본 생일상이었다며 한없이 한없이 울면서…….

"생일 축하해요. 엄마."

오빠의 눈물

평소와 다름없는 하루. 지나치게 평온한 하루. 이런 날은 불길하다.

저녁 먹을 시간이 다 되어서도 엄마는 보이지 않는다. 오빠는 걱정이 되는지 집안과 밖을 살피며 돌아다닌다.

"문희야. 엄마 못 봤어?"

"아니. 못 봤는데. 엄마 방에 안 계셔?"

오빠는 문희의 말을 듣는 둥 마는 둥 거칠게 방문을 여닫을 뿐이다.

"엄마! 엄마!"

오빠는 한참동안 엄마를 불러대고 있다.

"문희야. 이리 나와. 엄마를 아무리 찾아도 안보여. 너도 같이 나와서 찾아보자."

문희는 순간 가슴이 쿵쾅 쿵쾅 거렸다. 불길한 예감이 든다.

한참을 엄마를 불러가며 산 이곳저곳을 찾아보았지만 엄마는 나타나지 않았다. 또 다시 엄마가 사라진 것이다. 아무 말도 없이. 두려워 진다.

문희와 오빠가 망연자실하며 집안으로 들어오는 그때 전화벨이 울렸다. 오빠는 우당탕탕 뛰어 수화기를 낚아채듯 집어 들었다.

"여보세요."

"여보세요. 거기가 비구니 스님이 사시는 곳이 맞나요?"

"네 그렇습니다만. 어디시죠?"

"아, 네. 다행입니다. 여긴 명광의원입니다. 지금 스님이 여기 계세요. 좀 오셔야겠어요."

엄마가 그곳에 왜 있는 것인지 영문을 알 수 없어 문희와 오빠는 서둘러 의원을 찾는다. 월요일이라 병원은 사람들로 북적였다. 간호사가 문희들을 알아보고 엄마가 있는 병실로 안내한다. 오빠는 병실로 가는 중에 간호사에게 엄마의 상태를 물어본다. 간호사는 빙그레 웃으며 걱정하지 말라한다. 오빠는 그 미소가 더 없이 화가 난다. 문을 열고 들어선 병실은 작은 가정집 방을 보는듯 했고 엄만 바닥에 이불을 덮고 누워있다.

"엄마"

아이들의 목소리에 살며시 눈을 뜬 엄만 몹시 여리고 작아 보인다.

"아이고, 너희들이 여긴 어떻게 왔어. 걱정했겠구나. 걱정하지 마. 엄마 괜찮아."

엄마는 애써 웃으며 오빠와 문희를 번갈아 바라본다.

잠시 뒤 땅딸막한 의사가 들어와 문희와 오빠에게 엄마의 상태를 얘기해 주었다.

엄마는 몸이 많이 쇄약하다며, 그래서 빈혈이 생겼고, 약해진 몸으로 독감까지 들었다고 했다. 그래서 어지럼증과 구토로 길에 쓰러져 의원에 실려 왔다는 것이다.

'그동안 너무 열심히 달려온 것이 화가 된 것일까?'

그러고 보니 엄마는 스님이 되고부터 하루도 거르지 않고 새벽 기도를 올렸다. 밤 기도도 올렸다. 돈을 아낀다며 세탁기며 전기밥솥은 사지도 않았다. 언제부터인가 엄마는 모든 일을 혼자 힘으로 하려했다. 작은 집안 살림이야 문희가 도왔지만 엄만 언제나 바쁘게 일했다. 엄마는 좀 쉬어야 했다.

"엄마 이젠 괜찮아?"

오빠가 병실에 들어서기가 무섭게 물어본다.

"그래. 괜찮아 희섭이가 많이 놀랐구나. 괜찮아."

엄만 링거를 맞고 잠시 휴식을 취한 뒤 문희들과 함께 집으로 돌아왔다. 오빤 평소라면 하지 않았을 다정함으로 엄마를 대하며 이불이며 밥상을 손수 챙기고 있다.

"엄마?"

희섭이는 목이 멘다.

'그동안 얼마나 힘들었을까? 얼마나 힘들었으면 저 지경이 될 정도로……'

"엄마 아프지마."

오빠는 더 이상 말하지 않았다. 엄만 그런 오빠를 바라보며 살며시 고개를 끄덕일 뿐이다. 오빠가 나간 후 문희는 살며시 다가가 엄마의 두 손을 잡아본다. 엄마의 손은 마르고 차가웠다.

오빠와 친구들, 그리고 문희

이젠 제법 이목구비가 또렷한 사내가 된, 그리고 훤칠하니 멋진 모범생이 된 사람이 있다.

희섭이다. '나의 오빠.' 그는 이제 고등학교 3학년이다. 그리고 학교 부회장이다. 누가 보아도 우등생에 모범생인, 성격도 밝고 쾌활한 멋진 학생이다. 여자 친구들의 fan letter도 곧잘 받는다. 학교 선생들도 그를 좋아하여 집에 종종 찾아온다. 엄마에게 오빠의 훌륭한 성품과 학업 성적을 칭찬하기 위해서다.

그는 나름대로 인기인이며 고급스런 사람이 되었다. 누구나 부러워하는 멋진 놈인 것이다. 적어도 동급생들에게서는. 그런 그에게는 8명의 친구들이 있다. 이들은 하나같이 잘났고 멋졌다. 얼굴이면 얼굴, 성격이면 성격, 공부면 공부, 못하는 것이 없었다.

그 중엔 그림을 아주 잘 그리는 친구도 있었는데 그는 문희를 몹시 좋아한다. 언제나 문희네 집을 아지트 삼아 하루가 멀다 하고 몰려오는 친구들이었고 그런 그들에게 엄만 언제나 환영의 표시로 맘껏 놀다가라고 한다.

그들은 모두 엄마를 좋아한다. 엄마도 확실히 그들을 좋아한다. 문희 또한 그의 친구들이 좋다. 잘생겼고 활발하며 무엇보다 문희를 친동생처럼 잘 대해준다. 문희가 많은 일거리로 힘겨워 보이면 엄마 몰래 다가와 "도와줄까" 말도 건넨다.

이들은 게임을 할 때도, 구슬치기를 할 때도, 연날리기를 할 때도, 술래잡기를 할 때도, 귀신 얘기를 할 때도, 열 번 찍기 놀이를 할 때에도, 어느 논에서 야구 시합을 할 때도, 언제나 문희를 끼워준다. 놀아달라고 조르기도 전에 먼저 다가와 자신들의 틈 속으로 끼워 넣는다.

이들에게서 문희는, 피가 끓는 형제의 끈끈함이 느껴진다.

문희는 이들의 동생인 것이다. 너무도 예쁘고 귀여운 하나뿐인 여동생인 것이다.

참고로 이들에겐 여동생이 없었다.

그리하여 문희의 학창시절은 이들로 하여금 즐거웠고 행복했다.

졸업식

엄만 공부를 마치고 돌아온 이후, 바깥출입을 자제했다. 그 이유는 문희에게 있는 듯하다. 문희는 엄마에게 친구들이 왔을 땐 창피하니 방에서 나오지 말라 부탁한 적이 있다. 왜 그런 말을 했는지 모르겠다. 그땐 스님인 엄마가 몹시 창피했던 것 같다. 그런 이유에서인지 엄만 사람들과의 거리를 두었고 절을 운영하고 관리하는 것에만 전념했다.

그러나 절 살림이 그렇게 호락호락한 것이 아니어서 엄만 내색은 하지 않았지만 많은 육체적 고통을 받고 있었다.

불도의 길은 엄마에게 기쁨과 함께 고통도 안겨 주었다. 하여튼 이런 관계로 엄만 문희의 졸업식에 참석할 수 없었다.

문희는 단지 서운한 슬픔과 홀로 치러야할 부담만이 가슴 한 가득 출렁일 뿐이었다.

그것뿐이었다.

졸업식 아침은 비가 온 뒤 질퍽질퍽한 운동장만큼이나 칙칙했다. 운동
장과 교실 안에 시끌벅적하게 모인 학생들은 모두 저마다의 새 옷과 신
발을 신고 한껏 멋을 낸 모양이다. 그들의 부모들도 그랬다. 문희는 분홍
스웨터에 검정 바지, 검정 운동화를 신었다. 나름대로 멋을 낸 것이며 새
옷은 아니다.

엄마가 올 수 없는 터라 문희는 빨리 식을 마치고 집으로 향하려 한다.
울음과 웃음이 섞여 학교는 오일장의 시장통 같다. 사진을 연신 찍어대
는 수많은 학생과 학부모들. 한 손엔 꽃다발을, 또 다른 손엔 졸업장을.
그들은 좋기도 하겠다. 이렇게 우울한 기분에 걸맞게 문희는 아무 상장
도 받지 못했다. 그 흔한 개근상조차도 말이다. 문희는 학교를 자주 빠졌
었는데 특히 비 오는 날이면 더욱 학교에 가지 않았었다. 좀 자신의 모습
이 초라해 보여, 좀 창피해 보여 서둘러 가방을 챙긴다. 졸업장도 받았고
교장선생님의 긴 연설도 끝이 났다. 이제 집에 가는 일만 남았다. 빨리
이곳을 떠나고 싶다.
누군가, 교실 뒷문에서 부르는 소리가 들린다.
"문희야."
오빠다. 그리고 그의 친구들.
'깜짝이야.'
상상도 못한 사람들, 그리고 반가운 얼굴들.

·

오빠 교실로 친구들을 대동하고 들어와 문희와 사진을 찍는다.

"김치~!"

'씨~.'

문희 얼굴엔 눈물 섞인 미소가 걸렸고, 그 얼굴엔 행복이 가득했다. 그들은 교실 이곳저곳을 다니며 사진을 찍었다. 한참을 그렇게 학교를 누비고 나오니 사람들은 모두 집에 가고 문희와 오빠 그리고 그 친구들만 남았다. 이들은 서로를 보고 웃는다.

"졸업을 축하해."

"고마워."

이날 문희는 분홍 꽃다발을 두 다발이나 받았으며 집에 돌아올 땐 중국집에서 짜장면도 먹었다. 이렇게 문희의 졸업식은 끝이 났다.

엄마의 아킬레스건

문희는 엄마만은 세상에 무서울 것이 없는 사람이라고 생각했다.

여름의 어느 날, 거무튀튀한 얼굴을 하고 집 앞마당으로 들어선 이가 있었다. 너무도 초췌하고 볼품없어 모두 지나가던 거지가 밥이라도 동냥하러 산길을 올라온 줄 알았다. 엄만 창고에서 쌀 한 바가지를 퍼다 막 봉지에 담는 중이었다.

"나요."

"누구요?"

엄만 누가 자신을 이렇게 친근히 부르는지 궁금하여 자세히 그 거지 같은 사내의 얼굴을 들여다본다.

한순간 찾아든 섬뜩한 공포.

그 거지 같은 사내는 다름 아닌 지난날 헤어진 자신의 전 남편이다. 머리 끝까지 소름이 돋는지 몸을 파르르 떤다. 아비의 행색은 노숙자라 해도 믿을 만큼 더럽고 지저분하다.

그리고 그 눈빛. 살기마저 느껴지는 강렬한 빛이 품어져 나오고 있다. 엄만 두렵다. 그러나 두려움을 애써 감추며 자식들을 보호하려 한다.

반쯤 미쳐 보이는 자신의 전 남편이 지금 당장 칼을 들고 아이들을 죽인다면 그것처럼 비극적이고 불행한 일은 없을 것이다.

왜 이런 생각들이 쉴 새 없이 떠오르는지⋯⋯. 엄만 나쁜 생각에서 빨리 빠져나와 안정을 찾고 싶다.

"나요."
또 다시 들려온다.
"알아. 여긴 왜 온 거야? 당신이 여기 올 일이 뭐 있다고."
흥분을 가라앉히고 차분하게 묻는다.
"애들이 보고 싶어서."

"왜?"

"왜? 애들이 보고 싶다는데 이유가 있나?"

"그래. 당신은 애들 볼 자격이 없으니깐. 괜히 우리 애들 겁주지 말고 가."

"겁? 내가 왜 겁을 줘? 무슨 이유로? 난 단지 보고 싶어 왔다니깐."

"당신이 애들한테 어떻게 했는지 벌써 잊었어."

"그건 모두 지난 일이야. 내가 그땐 제정신이 아니었어. 당신도 알잖아. 내가 그때 얼마나 이상했는지. 지금은 아니야. 나 이제 사람 됐어."

"사람 됐다고? 지금 그 모습을 하고? 내 눈엔 여전히 이상해 보여. 애들한테 더 이상 상처 주지 말고 그냥 가. 부탁이야. 우린 지금 아주 잘 살고 있어. 당신이 이렇게 나타나면 애들은 상처 받는다고. 모르겠어?"

"좋을 대로 생각하고. 애들이나 불러봐. 난, 보고 가야겠어. 문희야. 희섭아. 좀 나와 봐. 아빠가 왔다니깐."

'우릴 보러 왔다고? 왜? 누구 마음대로.' 문희는 무섭다. 밖으로 나가지 않는다. 그러나 오빠 벅찬 감격 같은 것이 일었는지 눈시울이 벌게지고 큰 숨을 연거푸 내뱉고선 성큼성큼 밖으로 걸어나간다.

엄만 그런 오빠를 멀뚱히 쳐다만 볼 뿐이다.

그들의 만남은 감격으로 치장한 호들갑스러움도, 애정이 샘솟는 감동도 없다. 단지 조용하고 비밀스럽다. 그들의 비밀 집회 같은 은밀한 대화는 석양이 붉은빛의 장막을 내리며 검은 그림자 뒤로 물러날 때까지 계속되었다.

엄만 둘의 이야기가 끝날 때까지 잠시도 긴장을 늦추지 않는다. 아차, 싶으면 당장이라도 달려가 사단을 낼 작정이다.

그러나 다행스럽게도 그런 일은 일어나지 않았다. 살기등등했던 모습과는 달리 아비는 진지하게 이야기를 나누고 점잖게 작별인사를 건넨 후 떠나갔다.

어찌됐든 그렇게 떠난 아비는 그날 이후로 다시는 가족을 찾지 않았다. 오빠와 어떤 대화를 했는지는 알 수 없다.

오빤 그날 대화에 대해서는 암묵적으로 입을 닫아버렸다.

그때까지 문희와 오빠는 엄마가 아비를 아주 많이 두려워한다고 생각했다. 그러나 정작 엄마가 두려워한 것은 아비가 아니라 그로 인해 받을 자식들의 상처였다. 엄만 문희와 오빠가 이젠 더 이상 상처 받지 않길 바랐고, 자신 또한 그러길 바랐다.

엄마의 유일한 아킬레스건은 자식들의 상처였다.

슬픈 소식?

문희가 소식을 들은 건 한참이 지난 뒤의 일이다. 엄만 끝까지 오빠와 문희에게 이 사실을 알리지 않으려 했고, 영원히 잊힌 사람으로 만들고 싶어 했다.

엄만 승려가 되고 나서부턴 술을 입에 대지 않았다. 꼭 불도의 길을 가는 신념 때문만은 아니었다. 스님들도 술은 할 수 있는 것이다. 그러나 아비가 있을 시절 그놈의 술 때문에 많은 것을 겪어야만 했었다. 술은 엄마에게 아픈 기억의 씨앗이다. 그런 그녀가 오늘은 웬일인지 문희에게 막걸리 심부름을 시킨다.

"문희야! 저기 양조장에 가서 막걸리 한 주전자 받아와라."

"엄마 술 마시게……?"

"그래. 엄마 술 마실 거야. 그러니 좀 다녀와."

문희는 왜 엄마가 그 무서운 술을 찾는 것인지 이유도 모른 채 두려움이 앞서 불안한 마음으로 길을 나섰다. 양조장은 시장 한복판에 있어 사람도 많고, 말도 많다. 입구에 들어서니 막걸리의 시큼한 향이 코를 자극한다.

"아저씨! 계세요?"

"그래. 술 받아 갈려고?"

"네, 여기 한 주전자 주세요."

주인은 문희가 들고 온 찌그러진 주전자에 뽀얀 술을 시원스레 받아 넣는다.

"집에 손님 왔어? 웬일로 술을 다 받아가니?"

"네? 아⋯⋯. 네⋯⋯. 그럼 안녕히 계세요."

문희는 서둘러 나온다. 더 있다가는 엄마가 술 심부름을 시킨 것이 들통날 것 같다. 집에 도착해 엄마를 부른다. 그러나 대답 대신 여인의 흐느낌이 문밖으로 흘러나올 뿐이다. 너무 놀라 문을 벌컥 열어젖히니 엄마가 무릎을 감싸 안은 채 소리 죽여 울고 있다.

"엄마 무슨 일이야? 왜 그래? 누가 괴롭혀?"

흐느낌은 점점 커져 통곡으로 변해 이젠 절규에 가까운 안타까움 마저 느껴진다. 도대체 그녀에게 무슨 일이 생긴 것일까?

오늘도 여전히 술에 잠겨 사람들에게 말도 안 되는 자신의 예언적 판단을 떠벌이는 사람이 있다. 그는 남자이고, 이혼한 경력이 있으며 지금은 여우 같은 여자와 함께하며 산속에서 사이비교주로의 삶을 살고 있다.

남잔 언제나 살아가는 시간을 몸서리치게 증오한다.

그에게 삶은 허상이고, 두려운 것이며, 고독한 것이다.

과거의 시간도, 현재의 시간도, 남자에겐 아무런 의미가 없다.

꿈도 희망도 모두 헛된 이상일 뿐이다. 남잔 그렇게 생각한다.

그의 새 배우자인 여우 같은 여잔 남자를 한시도 가만 놔두지 않는다.

소리를 지르고 날카로운 손톱으로 연약한 살갗을 할퀴어 상처 입힌다.

여전히 남자의 집은 피로 얼룩진 장판과 벽지들로 지저분하다. 지겨운

삶이다. 앞으로의 시간도 지금과 다르지 않을 것이다. 그렇게 생각한다.

유난히 볕이 뜨거운 6월의 오늘, 여우 같은 여자가 점심상을 차려 안방

의 문을 열고 들어가다 소스라치게 놀란다. 상은 엎어지고 여잔 자리에

주저앉는다.

나중에 알게 된 사실이지만 아비는 그날 자신의 증오스런 삶을 마감했

다. 엄마가 통곡하며 술을 찾은 이유도 거기에 있었다. 그녀는 무엇이 슬

픈 것이었을까? 문희는 슬프지 않은데…….

오빤 이 사건 이후 한동안 말을 하지 않았다. 그리고 아비의 사십구재가

되는 날 오빤 아비가 집으로 찾아와 자신에게 남긴 말들을 털어놓았다.

아비는 자신이 폐렴으로 곧 죽을 것이란 것을 알고 있었다고 한다. 그래

서 마지막으로 가족을 찾아 온 것이었다고, 또 미안하다. 사랑한다. 용서

해라. 등등의 말들도 했다는데 뭐 이런 말들은 예상한 것이었다. 엄마와

문희가 놀란 것은 아비가 오빠를 그동안 자신의 자식이 아니라 생각했

었다는 것이다. 무슨 근거로 그런 터무니없는 생각을 했는지는 모르지만

아비는 오빠를 미워했었다.

그러나 이젠 자신의 아들임을 안다고, 오빠 자신과 너무도 닮았다고, 자신의 삶은 언제나 암흑이었다고, 살고 싶었다고, 가장 불쌍한 인간은 자신이라고, 외면하지 말아 달라고, 불쌍히 여겨달라고, 한때 엄마를 사랑했었다고, 그리고 증오했었다고, 지금도 증오한다고, 원래가 맞지 않은 사람들이 만난 것이라고, 그래도 자기 자식이라고, 자신의 핏줄이라고, 마지막을 함께 해달라는 말을 했다고 했다.

'마지막을 함께하자니?' 역시 제정신이 아닌 사람이다.

그리고 불쌍한 사람. 어찌 보면 이들 중에 아비가 가장 불행한 사람이었다. 생각한다.

가장 치열했을, 가장 절실했을, 가장 투쟁했을, 가장 괴로웠을……

그는 살아가는 모든 시간을 자신의 독백으로만 채웠다. 그랬기에 그는 외로웠다.

이제 더 이상 외로워하지 않기를…….

이젠 편안해졌기를…….

만발하는 것은 아름답지만 사그라져 저무는, 떨어지는 모습은 쓸쓸하다.

하지만 난, 그 저무는 것들에 힘이 느껴진다.

만발과 사그라짐은 찰나이지만, 그 에너지는 충만하여 긴 여운으로 나에게 힘을 준다.

그리하여 난,

당신에게 힘을 얻고 그득해지니

당신은 나에게 만발하는 꽃이오.

당신은 다음해의 만발을 준비하는 지는 낙엽이오.

당신은 나의 영원한 고목이오.

그리하여 난 당신을 존경하며 사랑하오.

우리는 때론···

같이 있어도
서로 다른 곳을 보고

멀리 떨어져 있어도
서로 같은 곳을
바라본다.

이것은 아비의 일기다. 일요일 오후 너저분한 장롱 위를 뒤지다 우연히 발견한 아비의 일기장. 그의 일생에서 처음이자 마지막으로 지극히 인간적인 감정으로 써내려간 일기다. 지금까지도 정녕 이것이 아비가 쓴 것인지 의심스럽다.

아비는 한 번도 엄마를 사랑하거나 존경한 적이 없다. 적어도 문희가 봤을 땐…….

그렇다면 일기 속의 당신은 엄마가 아닐 것이다.

이것은 허구이며 비극적 환멸에 대한 기억상실이다.

사람들은 대부분 희망을 안고 삶을 살아간다. 그래야 고통의 시간들도 그럭저럭 이겨나갈 수 있다.

만약 아비에게도 희망이 필요했다면, 그것은 엄마와의 관계에서 오는 환멸과 비난에 대한 잔인한 보상일 것이다.

그는 과거의 전반적 고통의 기억 속에서 나름의 숨통을 거짓된 기억으로 각인시켰을 것이다.

그것이 현재에 와선 모호한 기억의 일부가 되어 거짓된 사실을 진실로 인식한 것이리라.

사람들은 가끔 현실을 살아가기 위해 새로운 세상을 만들어내기도 한다. 그것은 소설 속의 이야기처럼, 게임 속의 판타지처럼 매력적인 허구의 세상들이다.

개개인의 삶들은 저마다의 기억들이 존재하며, 각자의 방법으로 기억을 지우며, 새로운 세계를 만들어낸다.

아비는 존재의 망설임에, 상실된 기억과 허상의 마음을 담아 그 자신을 미치광이의 세계로 이끌었다.

이 일기는 정말 신기하게도 그가 미쳤을 때 쓴 것이다. 그는 미쳤을 때 가장 인간적인 면모를 보여줬다.

이것이 그를 아비로 둔 문희의 슬픈 진실이다.

여름

문희가 살고 있는 이곳은 푸른 바다가 하늘과 맞닿아 있는 강원도의 시골 마을이다. 여름이면 작은 해수욕장에도 곧잘 많은 사람이 모여든다. 여름의 특수라고 해야겠다. 잠시나마 이 작은 마을은 외지 사람들로 활기를 찾고, 그들의 들뜬 에너지에 동조하며 짧은 여름의 뜨거운 열기 속으로 빠져든다.

여행객들의 여름은 주로 술과 노래로 시작하여 술과 노래로 끝나는 경우가 많다. 여름이 주는 열기는 그들의 마음에 일탈과 광기를 불어넣는지도 모르겠다. 이렇게 마을이 태양의 에너지에 흥건하게 젖어들 때 엄마는 태어나 첨으로 가족과 함께 여행을 하기로 한다.

그녀에게도 문희들에게도 여행이란 이름으로 집을 떠난 적은 없었다. 엄마가 여행을 결심한 데에는 여러 이유가 있다. 그중에서도 오빠의 영향이 가장 크다.

오빠는 대학생이 되어 집에서 멀어졌다. 그는 어쩜 그런 시간들이 그 어느 때보다 값지다고 생각할지도 모르겠다. 그에게 혼자라는 공간과 시간은 태어나서 첨으로 가져보는 색다른 경험일 것이기 때문이다. 그는 분명 조금은 설레며 기뻐하고 있을 것이다.

엄마는 여전히 공부에 열중해 있지만 가끔씩 모든 것을 전폐해, 죽은 사람마냥 생기 없는 시간을 보내기도 했다. 이것은 아비가 죽은 후 찾아든 엄마의 이상한 증상이다. 그런 그녀가 여름방학을 맞아 집에 돌아오는 오빠의 시간에 맞춰 여름여행을 준비한 것이다.
지금까지와는 좀 다른 환경과 상황들이 많았던 탓에, 문희네들은 숨 쉴 구멍을 찾고 있었다.
이것이 여행이란 이색적인 테마로 다가올지는 생각지도 못했다.
이들이 집을 떠나 찾은 곳은 차로 40분 거리에 있는 맑고 깨끗한 작은 계곡이다. 이곳에 짐을 풀어 텐트를 치고, 밥을 짓고, 고기도 구워 먹으며. 깊은 밤 모닥불과 별빛, 달빛에 의지해 묘하게 아름다운 강가의 풍경을 바라보고. 쏟아질 것 같은 별무리에 등골이 오싹해지는 섬뜩한 공포도 맛보며. 두런두런, 이런저런, 평소엔 낯간지럽다며 꺼내지 못했던 이야기들까지.
온전히 자신들만 존재하는 또 다른 공간.

첨으로 느껴는 색다른 잔잔함에 낯선 행복감을 느낀다.

밤이 깊어 부엉이 울고, 강은 쪼르륵 콸콸 끊임없는 물의 연주를 하고, 나뭇잎들은 사락사락 몸을 떨며 시원함을 더한다.

그리고 한 번도 가져보지 못했던 이야기꽃이 지금 이 순간 마법의 주문처럼 굉장한 기쁨을 뿜어내며 넘쳐흐르고 있다.

마법의 공간, 사랑의 숨결이 온전히 전해지는 신비한 공간, 함께여서 행복한 가족의 공간.

모두는 간질간질 스미는 행복감에 웃음이 나온다.

계곡의 밤바람에 쌀쌀함을 느끼며 엄마 무릎 위에서 잠이 든 문희를 엄마는 입고 있던 모시 저고리를 벗어 덮어 준다. 따뜻한 향기.

문희가 잠든 사이, 엄마와 오빠는 하늘만을 바라보며, 쉼 없이 웅장한 소리를 쏟아내는 계곡의 아우성에 기대어 서로의 어색함을 씻어낸다. 그들은 그렇게 밤을 새운다.

화려할 것 없는 짧은 여행은 이렇게 끝이 났다.

이것이 가족의 첫 여행기다.

여행이란 결국,

우리들 삶의 또 다른 모습으로 사라지는 진한 그림자 같은 것이리라.

안락과 익숙함을 뒤로한,

조금은 불편하게 흘러간 시간 뒤로 펼쳐지는 탐험의 특별한 향기의 그림자.

내가 돌아갈 곳은?

내가 태어난 그 순간. 운명의 이끌림

불행했다 생각되는 순간들이 나에게 던져졌을 땐 미처 몰랐던 것 같다.
어떤 운명 같은 이끌림이 존재한다는 것을…….
지난 35년의 시간이 운명임을, 그리고 이곳을 향해 달려왔음을 몰랐던
것 같다.

시간이 흘러 성인이 되었다. 집을 떠나 온 지도 벌써 10여년이 지났다. 이젠 누구의 간섭도 받지 않고 내 꿈을 펼칠 수 있다. 그렇게 생각했다.
처음엔······.
그러나 삶은 이런 생각들에 비웃기라도 하듯 뜻밖의 현실에 많은 상처와 충격을 받았다.

집을 나올 때의 흥분과 기대는 자신에 대한 실망과 무의미함으로 침식되었고, 사회의 돌연변이로 이질 분자가 되어갔다. 그 여파로 혼자 있는 시간이 늘어났으며 그 시간들을 다양한 책들과 동고동락하며 보냈다. 책과의 만남은 비좁고 답답하기만 한 의식 공간을 활성화 시켰다. 활성화가 주는 장점은 많다.
드디어 꿈을 갈망한다. 의식의 활성화가 가지고 온 결과다. 삶이 소연해지는 순간이다.
이젠 가야할 곳을 알게 되었다. 그렇지만 아직 그곳을 찾아 갈 방법은 알지 못한다. 그것을 찾기 위해 시골 엄마 집으로 향한다.
모든 시간과 공간, 그리고 사랑과 증오, 오해와 갈등이 잡탕 된 곳.
이제 집에 간다.

오랜만에 찾은 집은 예전과 많이 달라져 있다. 엄만 여전히 살림과 불도의 길에 열중하고 있었지만 그 모습은 변했다.

엄마는 지금 하얀 백발의 빛이 나는 민머리다. 집도 작은 암자에서 사찰의 모습을 갖추어 고즈넉한 경건함을 느끼게 한다. 또한 뭐라 표현할 수 없는 묘한 분위기를 키워 도도한 카리스마도 흐른다.

오빠 어떤 여자를 만나 살림을 차려 집을 나갔다. 이제 한 아이의 아빠가 됐다.

모든 것은 빠른 걸음으로 변해가고 있었다. 한 사람만 제외하고.

삶의 언저리를 겉돌고만 있는 사람. 이것이 문제다. 이제 길을 찾고 싶다.

오늘 밤엔 비가 올 것 같다. 낮게 깔린 묵직한 회색구름이 점점 그 영역을 넓히며 끝도 없는 하늘을 먹어치우고 있다.

먹구름이 포진한 공간은 더 이상 빛나는 공간이 아니다. 어둠과 세찬 바람과 거센 빗줄기에 무차별적 공격을 받는 가련한 존재들에 불과한 것이다.

그나마 집이 있고 우산이 있다면 그래도 견딜만할 것이다. 엄마 집에 오길 잘 했다.

괜스레 하늘을 올려다 본 것이 한심하다. 지금은 구름 따위에 겁먹을 때가 아닌데.

이곳에 온 진짜 목적을 찾아야한다. 어린 시절 전부를 묻어둔 이곳에서 찾아야한다. 아직은 무엇을 찾아야 하는지 알 수 없지만 곧 찾아낼 것이다. 그래야 살 수 있다.

절박한 포부와는 달리 일상은 단조롭게 지나갔다. 10시쯤 일어나 밥을 차려먹고, 집안 구석구석을 청소하며 허드렛일을 한다. 점심을 먹고 몇 권을 책을 읽으며 시간을 보내고 저녁 무렵이 되면 일기와 시를 쓴다. 일기와 시 쓰기는 글을 쓸 수 있을 때부터 지금까지 쉬지 않고 해온 작업이다. 유일무일한 취미생활이며, 가장 잘 하는 것 중에 하나다. 이런 생각에 예전부터 써오던 시와 일기를 읽어본다.

빛바랜 종이 위에 그려진 것은 삐뚤빼뚤 철자가 틀린 엉성한 글들이다. 읽고 있자니 웃음도 나오고 슬픈 기억도 떠오른다. 그리고 이미 잊힌 슬픔과 기쁨, 고통들이 빼곡히 들어차있다.

갑자기 머릿속에 광명이 비친다. 시선은 또렷이 과거를 들여다보고 있다. 그곳에 서있다. 작은 아이로, 수줍은 많은 아이로, 분노하는 아이로, 사랑하는 아이로, 슬퍼하는 아이로, 기뻐하는 아이로, 환호하는 아이로, 싸우는 아이로, 성장하는 아이로.

두 줄기의 뜨거운 것이 뺨을 타고 흘러내린다. 뭉클한 그 무엇인가가 가슴 저 밑바닥으로부터 솟구쳐 올라온다.

울고 있다.

이젠 알 것 같다. 사랑하지 못했던 것은 누구도 아닌 자신이었다는 것을.

그토록 찾고자했던 것이 다름 아닌 자신이었다는 것을.

끊임없이 달려 돌아가고자 했던 것이 바로 자신이었다는 것을.

이젠 알 것 같다.

시간이 우리들 사이를 질주할 때,

우리는 다시 그 시간 속 길에서 마주하게 된다.

젊어서 죽은 이들……. 그러나 여전히 존재하는 이들…….

우리들의 공통된 색채는 믿기 어려울 만큼 짙고 깊다. 그렇기에 인간적
이지 못한 우리의 관계를 인정해야 한다.

나만이 볼 수 있는 나만이 인정할 수밖에 없는 거창한 운명의 그림이라
할지라도…….

그 속에서 창조를, 예외적인 인생을 만들 것이다.

어디선가 읽은 대목이 생각난다.
'참다운 가정일 경우 어머니란 우리들 삶의 역사이고, 아버지란 우리들 정신의 역사이다.'
엄마에게 삶은, 역사는 무엇이었을까?
아비에게 정신은, 역사는 무엇이었을까?
절뚝거리는 손상된 다리로 짊어지기엔 버거운 짐. 마음의 상처.
그러나 짊어지고 갈 수밖에 없는 것.
그것이 이 가족의 역사이다.

우리들 삶에서 누구에게나 존재하는 과거라는 것이 어쩜 우리 삶에 가장 무거운 짐이 아닐까?
문희의 엄마와 아비처럼……

우리는 우리 뒤의 역사를 뒤돌아 볼 필요성이 있다.

이것은 자기 자신의 그림자일 수도,

내 어머니의 그림자일 수도,

내 주변의 그림자일 수도 있다.

중요한 것은 이것을 바로 볼 수 있는 열린 눈과 마음이다.